규슈 조선 학교의 이야기

九州コリアンスクール物語

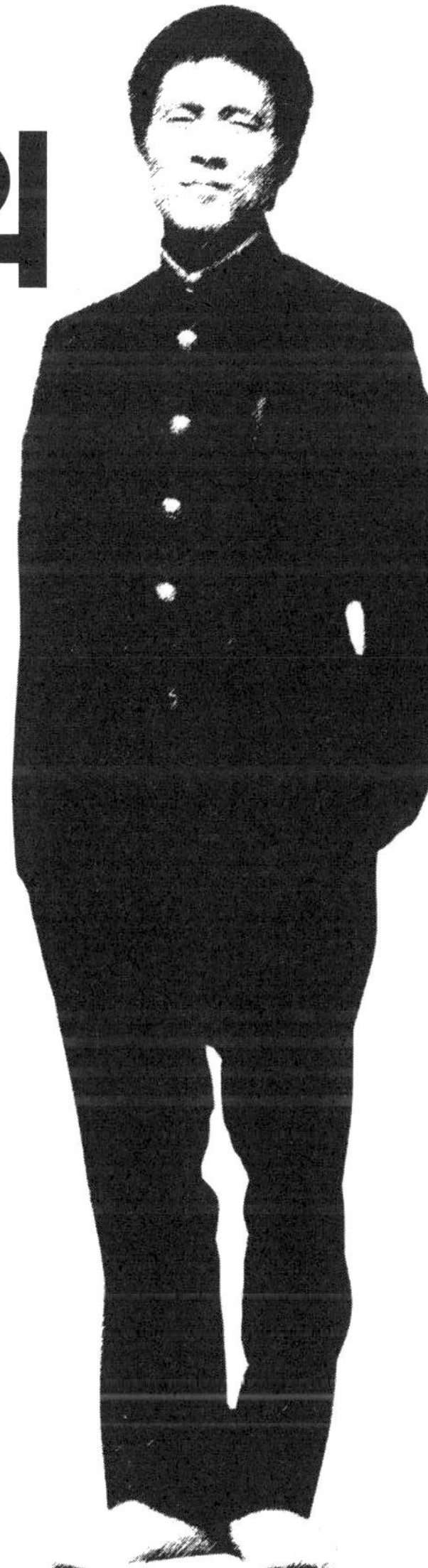

片 栄泰
KATA EITAI

海鳥社

装幀・本扉／新谷コースケ

九州コリアンスクール物語◉目次

I　ママとオモニ

Ⅱ 金平団地を後にして

Ⅲ 挫折への道のり

Ⅳ 戦いの日々

Ⅴ 卒業前夜

Ⅵ あれから、そして今

Ⅰ ママとオモニ

バタ屋の人々

ドドン、ドドン、ドドン。「ヤッサーヤレーヤレー」

私は、昭和二十八（一九五三）年、朝鮮戦争が終結する二週間前の七月十一日に、福岡県小倉市（現・北九州市小倉北区）で、祇園太鼓が町中に鳴り響く祭りの最中に生まれた。

人が自分の記憶をどこまで遡って思い出せるのか知らないが、私の場合は幼稚園に上がる前の「差し押さえ事件」から始まる。三歳くらいまでは二階建ての持ち家に住み、家政婦さんもいたような記憶がある。二階の道路側に面した狭い部屋が私の部屋で、すでに勉強机も持っていた。

ある日、その家に数人の大人がドヤドヤと上がり込んできて、家のあっちこっちに赤い札を貼り出したのだ。私の勉強机にもその赤い札が貼られ、引き出しを開けることさえ禁止されてしまった。引き出しの中には、私が大事にしていたいくつものおもちゃが入っており、大泣きして抗議したが無駄だった。

父の商売が左前になり、債権者から差し押さえを受けたのだ。当然、その家から裸同然で追い出され、博労町という所でバタ屋（廃品回収業）の元締めをしていた大叔父の家に転がりこんだのだが、これが、かなり長く続く貧乏生活の始発点だった。

大叔父の家は、一階が廃品（主に紙類）置き場の倉庫で、二階が住居になっていた。バタ屋たちは大叔父から借り受けたリヤカーを引きずっては、一日中小倉市内をさまよったあと帰ってきて、拾い集めた新聞紙、古雑誌、ダンボールを、キロいくらで大叔父に引き取ってもらうのだ。そこで働いているバタ屋は二十数人いた。みんな貧乏だったが、気のやさしい人たちばかりだった。

その中に「朝潮のおいちゃん」と呼ばれる人がいて、私を特別に可愛がってくれた。背が高く体がガッシリしていた朝潮のおいちゃんは、赤銅色に日焼けしていて、バタ屋仲間の大将格だった。おいちゃんの唯一の楽しみは、仕事のあと、その日のわずかな稼ぎを持って小倉駅前にあるスマートボール場に行くことで、そこに行く時は必ず私を誘うのだった。

「やす、いくぞ」

と言うと、私を軽々と肩車してスマートボール場まで歩いてゆき、目当ての台を見つけては椅子に座り、私を膝の上に乗せてスマートボールに興じるのだ。はじき出される白い玉を目で追うだけでも楽しかったが、入賞すると前面から白い玉がガラスの盤面の上をガラガラと転がってきて、これが自分のことのように嬉しかった。

ある日、いつものとおり私を膝に抱いてゲームを始めた朝潮のおいちゃんが、

「やす、チョット待っとけ。便所に行ってくるけ」

と、タバコを一服してもみ消し、席を立った。

一人残された私がスマートボールの盤面を見ると、要所要所の入賞口に白い玉が入っていて、発射口には一発だけ玉が残されていた。この一発が狙いの入賞口に入ると、一発逆転のチャンスなのだ。

いつもおいちゃんが遊ぶのを見ていて手順がわかっていた私は、見よう見まねで発射口のバネを押した。白い玉は、勢いよく弾かれて、盤面の上のほうからカチコチと釘に当たりながら、ゆっくりと手前に落ちてきた。しかしその玉は入賞口に入らずに、無残にも外れてしまった。

トイレから帰ってきた朝潮のおいちゃんは、大きく深呼吸して席に座ると、しばらく目を閉じたあと、ハァーと長く息を吐き、玉を弾くバネを握った。

「うん?」

玉がない。少し間をおいて私を見つめ、

「やす。お前が?」

「うん。僕がした。入らんかったよ」

一瞬残念な顔をしたが、

「ワッハハハ。そうか、やすが打ったか」

と大笑いしてスッと席を立つと、また私を肩車して家まで帰った。おいちゃんは歌を歌いながら上機嫌だった。

大叔父の家の周囲には、回収するバタ屋たちがバラックを建てて集落をなしていたのだが、その中に私と同年代くらいで、親がいない通称「介《すけ》」という子供がいた。大叔母がいろいろと世話をやいていたが、介は、汚い私が汚いと思うくらい汚かった。服はつぎはぎだらけのボロボロ、顔は真っ黒、髪はぼさぼさで、ノミ、シラミが巣くっていた。学校にも通わず、体もどこか悪いらしくて、いつも右肩が下がっており、その肩を前後にゆすらないと歩けなかった。その介を、大叔母は定期的にたらいに水を入れて洗ってやるのだった。

大叔母は介の体を流しながら、それを見ていた私に向かって言った。

「やす。介の服ば洗うけ、水道の所に持っていけ」

「いやや。すかん、ばあちゃん。介の服汚いもん」

と言うと、今まで私を一度も怒ったことがない大叔母が、

「やす！　お前なんちゅうこといいよんか！　介のどこが汚いか！」

と厳しく叱るのだった。大叔母から怒られることなど夢にも考えなかった私は、本当にビックリした。ぼろぎれのような介の服を指先でつまんで、屋外の水道口に持っていきながら、

「なんでばあちゃんは、あげん怒るっちゃろうか？　あげん汚い介が僕より可愛いいんやろか？」

と思ってみたりした。振り返ってみると、大叔母は介の背中を一生懸命こすっているのだ。介は嬉しそうにニコニコしながらたらいの中に座っていた。

大叔父の家から通っていた米町小学校は、家から歩いて十五分程度の所にあり、私が、背中

より大きなランドセルを背負って学校に行く姿は、どこにでもいる小学生だった。当時私は、周りから「やす」、「やっちゃん」と呼ばれ、学校では「大山君」と呼ばれていた。

大叔父のバタ屋家業も、その後の不況のあおりで倒産し、私たちはまた引っ越すことになった。朝潮のおいちゃんや介とも、本名も知らないまま、この時に別れて以来、音信不通になってしまった。

初めて飲んだ牛乳

新しい住まいは、同じ小倉の末広町の安アパートだった。家から一〇〇メートルも行けば砂津港という波止場があり、安っぽい釣竿を準備しては岸壁に出かけ、サヨリとかバリと呼ばれる小魚を釣って遊んでいた。

台風が来た時、私はこの波止場に出向いて岸壁に立ち、荒れ狂う海に向かって両手を広げたあと口にあて、

「風よー吹けー。雨よー降れー。嵐よー起きよー。ウーリヤアーター!」

と大声で叫ぶのだ。そうすると目の前の嵐が、まるで自分が起こしているように思えて、そのころはやった「少年ジェッター」になりきれるのだった。

アパートから三〇メートルくらい離れた所にある駄菓子屋は、四辻の角にあったので「角の

お菓子屋」と呼ばれていたのだが、その駄菓子屋の前に置いてあった板台は、子供たちのお約束のたまり場になっていた。

当時、私たちの間では牛乳瓶の蓋を集め、それを板台の上に出しあい、口からパッと息を吐きかけ裏返しにする遊びがはやっていて、その遊びを私たちは「ンパッ」と呼んでいた。

その板台では、ほかに「軍人」、「パッチン」、「写真パン」（いずれも「メンコ」の一種）などをそれぞれが持ち寄り、同枚数を出しあって載せ並べ、「テシ」と呼ばれる自分の勝負札で、一枚抜き、二枚抜きを競いあい、先に抜いたものが総取りするという遊びも盛んに行われていた。強い者は、机の引き出しいっぱいに「軍人」、「写真パン」を持っており、たまに強い者同士が行う大勝負（出しあった写真パン、軍人の合計が千枚を超える）には、子供たちの人だかりができて、勝負する子供の「テシ」が空中を飛ぶたびに溜息が漏れるのだった。

ほかにも、ダンチン（ビー玉）遊びも盛んにやっていた。不思議なことに、かくれんぼとか鬼ごっこという遊びはしなかった。

「写真パン」、「軍人」などをたくさん持っている子供は、自分が勝ち取った「写真パン」、「軍人」の中古品を売って稼いでいた。

私は私で、磁石を探し出し、その磁石に紐を通して町内をグルグル回り、吸いついた古釘、鉄片を空き缶に集め、空き缶一杯になったところでくず鉄屋に換金に行っていた。一円の時もあれば、三円の時もあった。でも、小遣いがなかった私にとって、そのお金は唯一のものだった。

換金したお金を持って駄菓子屋に行く。その目的は二つ。

一つは、丸いニッケ飴で、一円の時は小さいやつだが、三円ある時は大きなほうが買えた。大きなニッケ飴は、口にほおばると喋れず、口の中で片方に転がすと、ホッペタいっぱい丸く膨れるほど大きかった。

もう一つは、イカ足を醤油で味付けしたキャラメル色の食べ物で、硬かったが、噛めば噛むほど味が出ておいしかった。駄菓子屋のおばちゃんにお金を渡したあと、ガラス瓶の中に入っているこのイカ足を自分で選んで取るのだが、これが真剣勝負。瓶を外から眺めて一番大きいのを見つけ出すのだ。飲み込むのがもったいないので、最後の最後まで噛みほぐし、もう味がしないギリギリまで噛んで飲み込むのが常だった。このイカ足が五円に値上げになった時は本当にショックで、もう手が出ない悲しみで涙が出るほどだった。

そのころママがよく絵本を読んでくれたおかげで、私は小さいころから本を読むのが好きになった。寝る時は、必ず枕元に四、五冊の本を積んで布団の中に入り、「ガリバー旅行記」、「ピーターパン」などを読みながら、夢の世界に旅立つのだった。

小学校に入学して一年が過ぎ、二年生になったころ、弟が生まれた。名前を「隆」と言った。私と七歳違いの弟は、よく泣く赤ちゃんだった。隆が生まれるまでは、父母と周囲の注目を一身に集めていた私だったが、弟が生まれてからは脇役に回ってしまった。

ある日曜日、ママが、

「やっちゃん。ママね、おっぱいがよく出らんけ、牛乳を買ってきて」

と言うので、本を読んでいた私は、

「うん。わかった」

と、ママから渡された小銭を持って、牛乳を売っている「角のお菓子屋」に向かった。ギャアギャアと泣く隆の泣き声は、家の外まで聞こえていた。

店に行き、店番のおばちゃんにお金を渡して牛乳を受け取ったのだが、中身が入っている牛乳を手にしたのは、その時が初めてだった。

駄菓子屋を出た瞬間、悪魔が私にささやいた。

「ちょっとだけ味見してみろか。一口だけやったらわからんやろ」

私は紙蓋《かみぶた》の外側がほんの少し浮くように小指の爪で突っつき、口を当ててしまったのだ。

初めて飲んだ牛乳は、甘く、まろやかで、本当においしかった。私は、家までの三〇メートルを、一口すすっては一歩を踏み出すというように、のろのろと歩いていった。至福の時間だった。が、その幸せは、すぐに地獄に変わった。

玄関の前に着いた時、私がチュウチュウとすすった牛乳は、見て明らかにわかるくらい減っており、紙蓋は湿ってめくれていた。私はそれまでママから叩かれた記憶はなかったが、この時はそれを覚悟して家に入った。

「ただいまー」

「何しよったとね。はよう持っておいで」

ママは、泣きじゃくる隆の口に出ない乳を当てながら言った。

「ママ、僕が哺乳瓶に入れ替えてくるけん」

とっさに出た私の最後のあがきの言葉だった。

「よかけん、はよう持っといで」

ママの語調がだんだん厳しく荒くなり出した。私は覚悟を決めて牛乳瓶を差し出した。

「マッ！」

絶句したママは一瞬私を恐ろしい目で睨んだが、私から牛乳瓶を奪い取ると、哺乳瓶に入れ替えて弟に飲ませ始めた。私に背中を向けて肩を前後に揺らしているママに、

「ママ、ごめんなさい」

と、立ったまま謝ったが、ママは私の顔も見ずに牛乳を飲ませながら、ウッウッと嗚咽するのだった。弟をあやすために前後に揺れていた肩が小刻みに震えていた。私はママの姿がとても悲しく見えて、それ以上その場所にいることができず、表に飛び出してしまった。

ママの家出

その四、五日後、ママは隆を置いて、一人で家を出ていってしまった。

私が何も知らずに学校から家に着くと、長姉と次姉が先に帰っており、押入れの上段に二人で腰掛けていた。足をぶらぶらさせながら次姉が言った。

「やす、ママは出ていったよ。もう帰ってこんよ」

いきなりのこの言葉もショックだったが、続く長姉の言葉はもっとショックだった。

「やす、ママはあたしたちの本当のママじゃないんよ。本当のお母さんは別におるとよ」

私は、姉たちをただ見つめることしかできなかった。私が学校に行っている間に何が起きたというのだろうか？　私は、全身から力が抜けていくのを感じるだけで、泣くことさえ忘れていた。

私の父・片命巌（大山岩夫）は、韓国慶尚北道清道郡雲門面の生まれで、十四歳の時に単身日本に渡ってきた。父は父親（私から言えばじいちゃん）を早く亡くし、母親が再婚することになったのだが、新しい父親になじめず、母親と姉一人を故郷に残し、先に日本に来ていた叔父らを頼って渡日したと聞いている。故郷を出る時、祖母が泣きながら見送るのに、父は一回も振り返らずに去っていったとのことだ。

戦時中は徴用で軍隊にも入っていたようだが、幸いにも戦地に赴くことなく終戦を迎えることができた。父は終戦後、小倉で米軍向けのバーとキャバレーを始めたのだが、朝鮮戦争のあおりでこれが当たり、ひと財産築いた。九州でキャバレーの前身のような店を開業したのは、父が初めてだったらしい。朝鮮戦争前後の時期は、小倉にも大勢の米軍が駐屯していて、飲んで踊って歌える父の店は大繁盛したのだった。

このころ、父は私の生みの母と結婚していて、姉二人はもう生まれていた。母によると、当時の父は羽振りがよく、小切手帳を持ってマージャン屋に出向くほどで、女性にももてて、自宅に帰ってこない日も多かったそうだ。留守がちだった父が、男の子が生まれたと聞くとすぐに病院に飛んできたので癪だった、と母が言っていた。

私の母は山口県下関の大和町という朝鮮人部落に住んでいた。当時では大柄で、目鼻立ちがはっきりした美人だった。

その母（以後「オモニ」）は、私を生んだ直後、子供三人を置いたまま家を出ていったのだ。その原因の一つに、ママの存在があった。ママは長崎県出身の日本人で、父の経営するバーで働いているうちに父とできてしまい、オモニが家を出ていったあと、ママが新しい母になり私を育てたのだった。

順調だった父の店も、私が三歳の時に倒産した。家も家財もすべて失ってしまったのだ。ママが出ていった時の我が家は、隆に飲ませる牛乳一本を毎日買えないほど行き詰まっていた。

隆が泣くのは、ママの乳が充分に出ないため、腹が減っていたからだった。なけなしのお金で買った牛乳を私があさましくすすったことで、我慢の限界を超えたのだろう。長く続いた生活苦のための心労と情けなさを、ママは涙を流すことでしか表現できなかったのだ。

私は、八歳までに生みの親に捨てられ、育ての母にも捨てられたのだ。

ママは長い間子供ができなかったので、我が家の跡継ぎであった私に実の子のように愛情を注いで大事に育ててくれたようだった。姉たちは、オモニ（実の母）の存在を知っていたし、ママが後妻だということも知っていたわけだが、私にはあの日まで一言もこの事実を言わなかった。長姉はママと一緒に過ごしていた時でも、父とママに内緒でオモニに会っていたという。心の中ではずっとオモニを慕っていたのだろう。でも、私はその日までママ以外の母親は知らなかったのだ。この件に関して父からは一切説明はなかった。

初めて言われた「朝鮮人」

私たちは、またオモニと一緒に暮らすようになった。

ママが出ていって数か月後、私たちは小倉からオモニの住む門司港に引っ越した。小倉から門司港までは車で三十分ほどだが、当時は市電が走っていた。オモニは、門司港で小さな一杯飲み屋をやっていた。カウンターに五人も座れば満員になる店で、その二階の四畳半が住まいだったが、とても親子六人が住める広さではなく、引っ越したあと、父はほとんど家にいなかった。弟はまだ赤ちゃんで、下関のオモニの実家に預けられていたようだ。門司港の二階にいたのは、オモニと私と姉二人だった。

オモニと一緒に住み出したのだが、すぐに「お母さん」と呼ぶことができず、半年ほど「おばちゃん」と呼んでいた。

私はここで、関門トンネルの入り口がある小高い山の上にあった古城小学校の二学年に編入した。関門トンネルが開通して、まだ三年くらいしか経っていなかった。

古城小学校に編入した私は、みんなの前で先生から紹介され、席についた。

その後の休憩時間のことだった。私の席の前に坊主頭の一人の男の子がツカツカと歩み寄ってきた。下を向いていた私がふとその子の顔を見上げると、途端に左のほっぺたに一発、右フックを見舞われた。

何が何だかわからない中で呆然としている私を睨みつけながら、その子が言った。

「お前、俺をなめるなよ」

この一言を投げかけたあと、その子は自分の席に戻っていった。

――いったい何が起こったのか？

それまで、ケンカらしいケンカをしたことがなく、人をグーで殴った経験もない私には、転校初日にいきなり殴られる理由が、まるっきりわからなかった。

しばらくすると、職員室から数人の先生が教室に走ってきて、二人がかりでその子を取り押さえ、教室から引きずり出していった。その子は泣き叫びながら、

「二度とせんけん許して！」

と、必死に抵抗した。大人二人が手こずるほどだった。

その子の名前は倉本と言った。親がおらず施設に預けられていて、その施設から学校に通っていたらしい。倉本の抵抗の激しさからは、施設に帰ったあと、相当の罰が待っているように思われた。彼は、私の一件だけでなく、以前からいろいろと問題があったようだ。

倉本の退室劇のインパクトが強すぎて、彼が連れ去られたあと、生徒たちは黙り込んでしまった。その中で何もなかったように授業を進めようとする先生に、「僕はどうなったの？」と言いたかった。

一時間目が終わって休憩時間に入ったが、先生から何の申し開きもないばかりか、誰もやさしい言葉をかけてくれなかった。こうして転校一日目は終わった。

倉本はその後、学校に何か月か来たが、一言も口をきかず、そのうち学校にも来なくなった。

私は、同じクラスで、オモニの店がある長屋の左斜め前に住む、斉藤という子と仲よくなった。男の友達はこの斉藤が最初だった。斉藤の家も一杯飲み屋をやっていて、学校にも一緒に通学し、学校が引けたあとは近所の公園で遊んだ。

この公園には、絶えず十人くらいの子供たちが集まり、冬にはイチョウの落ち葉をかき集め

て焚き火をし、出しあったお金で芋を買い、それを焼いて分けあって食べた。当時、私たちの間では、何でも分けあって食べるのが暗黙のルールだった。誰かがおでんを買っても、公園に着くまでは食べられないのだ。公園に着いて買ってきた者が一口食べたあと、そこにいる仲間たちに残りを提供して、みんなが一口ずつ回し食いするのが掟《おきて》だった。

ある日、おでんを買った私は、この掟を破ってしまった。三角に切られたおでんを店先で立ち食いしているところを、斉藤に見られてしまったのだ。

この「おでん一人食い」の掟破りが原因で、斉藤とケンカになってしまった。それまでにも些細な口ゲンカはよくやっていたので、この日もたわいのないケンカで終わるはずだったのだが……。

斉藤が、別れ際に振り向き、一言いった。

「大山君の朝鮮人！」

斉藤は、はき捨てるように言うと、自分の家に駆け込んでいった。

私は何も言い返すことができなかった。朝鮮人の意味がよくわからず、ただそれが悪口だとは思ったが、言葉の意味が理解できなかったのだ。けれど、自分の家に入っていく斉藤を目で追いながら、斉藤が言ってはいけないことを言ったのだと直感し、斉藤の後を追った。

斉藤の家は玄関を開けると、一階はカウンター席があり、そのすぐ右側に階段があった。私は階段の下から二階を覗き込みながら大きな声で、

「斉藤君のお母さん。今、斉藤君が僕のことを朝鮮人て言うたんですよ」

と言った。すぐに斉藤のお母さんが下りてきて、私の目の前で彼を怒ってくれることを当然のように期待していた。しかし、誰も下りてはこないのだ。

「斉藤君のお母さん。斉藤君が僕を朝鮮人て言うたんですよ。叱ってください」

私はもう一度同じ言葉を繰り返したが、何の反応もなく、二階はシーンとしていた。二階に斉藤がいるのは間違いなかったが、上がっていってケンカをするほどの勇気もなく、私は口惜しかったが引き上げた。その日の夜、

「お母さん、今日、斉藤が僕のことを朝鮮人て言うたよ。朝鮮人てなぁん?」

と聞くと、

「そんなこと斉藤が言うたね。わかった。うちが明日、斉藤のおかあさんに話して、もう言わんように言うちゃるけん」

と言ってくれたのだが、私の問いの答えにはなっていなかった。

その後、斉藤とは口をきかなくなり、疎遠になった。

次の日から、学校で露骨に「朝鮮」とか言われることはなかったが、何となくみんなの視線が前とは違うように思えた。

「チョーセン、チョーセン、とこ違う。同じメシ食って、とこちがう。靴の先だりチョト違う」

というはやし言葉が、私の後ろのほうから聞こえてくるまで、さほど時間はかからなかった。

なぜ、斉藤は私自身が知らない私の国籍を知っていたのだろうか？

なぜ、ケンカの別れ際の文句が「朝鮮人」になるのか？

私は小学校二年生まで日本人だったのだ。

夜逃げして博多へ

「朝鮮人事件」から二か月くらいのち、私たち家族は、門司港から博多に夜逃げをした。

いつものように学校から帰り、いつものように一日を終え、あとは寝るだけのはずだったのだが、その日は寝ることを許されなかった。

三つ折りにされたせんべい布団に身を預け、ウツラウツラしていると、

「やす。起きれ、起きれ」

と言う父の言葉で目が覚めた。たぶん夜中の三時くらいだったと思う。大したことのない家財道具をトラックに積み込んだあと、私を荷台の中に押し込んだまま、トラックは走り出した。

私は眠たかったが、トラックの荷台に乗っているスリルで、最初は楽しかった。そのころは高速道路があるわけでもなく、博多までの距離は長すぎて、一時間もするとお尻が痛くなり、闇夜で景色も見えず、楽しかった気持ちは居心地の悪さと疲労と眠気に少しずつ打ち負かされ

ていった。
五、六時間経っただろうか。いつの間にか眠りこけていた私が目を覚ますと、すっかり夜も明けていた。着いた先は、福岡市東区の金平《かねひら》団地という所だった。一晩のうちに私を取り巻く環境は一変したのだ。
金平団地は、ハーモニカのような二階建ての長屋造りで、一棟の所帯数は十軒だった。そういう長屋が、一棟から三十何棟まであった。団地の周りは九大病院の高いコンクリートが三メートルくらいの高さで立ち並び、団地の横には博多二中（中学校）の壁、正面も二メートルくらいのコンクリート壁に囲まれていた。九大病院では死体の解剖が行われているとの噂があり、そのコンクリートの壁は子供を寄せつけない不気味さを持っていた。

団地への入り口は二か所だけで、市電が走っている線路側と、その対角線方向にある、千代町に抜ける道路だった。自動車一台が通れる道路が横に四本、縦に五、六本、碁盤状に走っていた。

この団地の住人の九九パーセントが、朝鮮人、韓国人だった。

そのうちの一軒の二階六畳に、一家五人が間借りで転がり込んだのだ（まだ、隆は下関に預けられていた）。私たちに二階の部屋を提供してくれたのは、オモニの友達らしかった。この部屋に半年ほどお世話になることになった。

金平に引っ越してきた父とオモニは、翌日から生活の基盤を作るために奔走していた。私たち三人姉弟は、すぐには学校に行けなかったのだが、その間、暇をもてあました姉二人は、よく取っ組み合いのケンカをしていた。

三か月もすると、オモニは中洲に小さな焼肉屋を始めたが、親が家にほとんどいなかったのをいいことに、姉二人は髪を摑みあいながらケンカをするのだった。

ある日、あまり激しいケンカをするので、見かねた私は、

「お父さんに言うてやる」

と言って家を飛び出し、店の名前だけを頼りに中洲の店に向かったのだが、お金がないので当然歩いて行くことになった。ケバケバしいネオンが瞬く街中を歩く酔っ払いの大人たちが、なんだか人間に見えず、人さらいにさらわれるのではないかと心配しながら、中洲の町をさまよった。やっとのことでオモニの店を見つけることができたのは、家を出て三時間以上過ぎてからだった。

小さな四人がけのテーブルしかない店には、誰もいなかった。しばらく待っていると父が現れた。いるはずのない私が店にいたので、少し驚いたように見えた。

「やす。どうしたか?」

父が口を開いた瞬間、私は耐えに耐えていた恐ろしさと寂しさが一気にこみ上げてきて、声を上げて泣き出してしまった。しばらく泣いたあと、

「姉ちゃんたちがケンカしよるけん、お父さんに言いにきた」

と言うと、父はしばし困った顔をしたが、

「飯は食うたんか？」

と聞き返してきた。

「まだ食べとらん……」

「そうか。今、うまいもの食わしてやるけ、そこに座れ」

言われたとおり客席に座っているると、父がトンカツを作ってくれた。父が私だけに作ってくれた最初で最後の料理だったが、私はそのトンカツを食べることができなかった。長く肉を食べていない私の体と舌は、トンカツをおいしいと思うことができず、肉を受け付けなかったのだ。

父は食べ残してしまった私を、だまって見ていた。

「やす、家に帰ろうか」

と父が言ったので、

「うん」

と頷き、私は誰もいない店が気になりながらも、父の後をついていった。

帰りは車だった。父は白タクをやっていたのだ。

家に着くと、姉二人は先ほどのケンカが嘘のように、室内をきれいに掃除して、何事もなかったように振る舞っているのだった。父は、一言二言姉たちに小言を言うと、仕事に戻っていった。父がいなくなったあと、姉たちは私を恨めしそうに睨みつけたが、言葉は何も交わさなかった。その日以降、姉たちのひどいケンカも次第に少なくなっていった。

数か月の後、金平団地の中で引っ越しをした。今までは人の家の二階に間借りしていたが、やっと一軒分の所帯に住めるようになったのだ。一階が炊事場と四畳半くらいの畳部屋で、二階が六畳と四畳半の、今で言う三Kだろうか。

オモニが昼も家にいるようになった。焼き肉屋はやめたようだった。私は、相変わらず学校に通うことなく、毎日近所の年下の子供たちと遊んでいた。

朝鮮学校へ入学

そのような日々が半年くらい続いたある日の午後、オモニが私を呼んだ。

「やす。学校に行きたくないか」

「うん。行きたい」

私はすぐに答えた。オモニが、

「やす。カラスはカァーて鳴くけど、鳩がカァーて鳴いたらおかしいやろ？　それと同じでやすは朝鮮人やけん、朝鮮語ば喋りきらんとおかしいんよ。だけん学校も朝鮮学校に行かないかんやろう」

と、さとすように言ったので、私は「うん」と答えた。

これが、私が朝鮮人になった瞬間だ。

朝鮮人が何を意味するのか、まだはっきりわからなかったが、朝鮮学校に入ることにほとんど抵抗はなかった。長姉は、朝鮮学校にいったん入ったが、一日で辞めたあと、日本学校に行った。私と次姉が、この時、朝鮮学校に入ることが決まったのだ。

父は私が朝鮮学校に入ることに反対していたようだ。本来、父自身が朝鮮人が好きでなかったようで、父が朝鮮語をまともに話したのは、私が知る限りでは、私の結婚式の挨拶の時だけだ。再びよりを戻した父とオモニだったが、ケンカが絶えず、収入が少なかった父は、私の教育問題をオモニから詰め寄られ、妥協するしかなかったようだ。

私を朝鮮学校に通わせる原因となったのは、金平団地という環境だった。

金平団地は、ここに住む朝鮮人、韓国人以外の人間が立ち入れる所ではなかった。ここは日本の中のコリアだった。

ニンニクの臭いの中、朝鮮語が飛び交い、道端の板台には、ミョンテ（タラ）、赤い唐辛子、ぜんまいなどが干してあり、夏には白いチマ・チョゴリを着たハルモニ（おばあさん）たちが片ひざを立て、ウチワをパタパタさせながら夕涼みをしていた。棟の所々にあった手動ポンプ式の井戸端では、野菜を洗ったり、洗濯をするアジュモニ（おばちゃん）たちが、とりとめのない話をしながら手を動かしていた。夕暮れになると、日雇いから帰ってきたアジョシ（おじちゃん）たちが、ポンプの口先の前に四つんばいになり、ランニングの跡が白く残る日焼けした背中に井戸水をかけてもらっている光景があちこちに見られた。

ある日、警察に追われ団地内に逃げ込んだ者がいて、パトカーが追ってきた。パトカーが西鉄電車の停車駅側の入り口に差しかかった時に、サイレンの音に驚いて集まったアジョシ、アジュモニ、ハルモニの二、三十人がパトカーを取り巻いた。警棒を抜いて道を空けるように警告する警察官に向かって、

「アイゴー（朝鮮語の感嘆詞）、行くなら、うちば殺してから行け！」

「お前たちは、ここばどこと思うて入ってきよるか！」

と、朝鮮語、日本語入り混じりながら、団地内への立ち入りを阻止したのだ。

朝鮮人は、とにかく警察が大嫌いだった。法を犯した者をかばうというよりも、警察のパトカーが団地内に入ってくるという事態が許せなかったのだ。警察も、日本語がよくわからないばあちゃんとおばちゃんたちが（男よりもおばちゃんたちが先頭に立っていた）朝鮮語でまくし立てる気迫に押され、すごすごと引き上げていかざるをえなかった。

昔、住んでいた大浜部落の時は、ドブを密造していた朝鮮人の所に手入れがあって、警察官と税務署が一緒にやってきては、造っておいたドブをぶちまけたり、酒を造る機材を没収したりすることがあったと聞いた。この時点でも金平団地のあっちこっちでドブを密造していた家はあったが、私が住んでいた間に手入れを食らったことはなかったようだ。

一般の日本人が足を踏み入れることはあるはずもなく、日本人で団地内に出入りするのは、郵便か新聞の配達人たちと私服の警官くらいだった。

金平団地にいた日本人のほとんどは、朝鮮人の親方の下で働く日雇い労働者たちで、飯場で寝泊まりして花札に興じ、仕事が終わると焼酎を飲んでばかりいて、ここ以外で生きてゆくのが難しいと思える人たちだった。

子供たちの勢力は、はっきりと二つに分かれていた。日本学校に通う子供たちと朝鮮学校に通う子供たちの二つである。たまに彼らとケンカになると、

「チョーセン学校ぼろ学校、外から見たらボロ学校、中から見てもボロ学校」

と言って走って逃げていくのだった。さすがに朝鮮人が朝鮮人に対してニンニク臭いとは言わないのだが、確かに日本学校と比べるとボロ学校に違いはなかった。

終戦後、朝鮮への船が出ていた博多港に、帰国のため全国から朝鮮人たちが集まった。故国の生活苦や朝鮮戦争などのあおりで帰るに帰れなくなった人たちが、市内に流れる石堂川（御笠川）のほとりにバラックを建て居座った。

その石堂川のバラックがあった所を大浜部落と言ったが、朝鮮籍、韓国籍が混在して住んでいた。バラックは、流れる川の上に柱を数本立て、その上に板を敷いて床をしつらえたもので、糞尿は川に垂れ流し、根性のある者は、そのバラックの下に豚も飼っていた。

福岡市の度重なる撤去要請にも従うことなく、その部落はあり続けたのだが、ある日、原因

不明の火事でバラックは消失し、代替住居として準備された団地に、住民ごとの引っ越しが行われた。それが金平団地なのだ。

この金平団地に引っ越した朝鮮人の大部分が朝鮮籍（朝鮮総連系、以下「総連」）だった。金平団地は朝鮮民主主義人民共和国を支持する朝鮮人の部落だったのだ。韓国を支持する（民団系）人たちは、やはり福岡市が準備した高松団地に集団で引っ越した。

福岡市内に居住する朝鮮人・韓国人の総数が八千人前後の中で、金平団地だけで約一二〇〇人の朝鮮人が住み、高松団地にも千人くらいが住んでいて、勢力が二分されたのだ。

その当時、総連の組織はしっかりしていて、団結力があり、横の連帯も強かった。金平団地には、朝鮮総連福岡支部の末端組織である「分会」があって、金平第一分会、第二分会、第三分会があった。約十棟単位で作られた分会には、「分会長」がおり、「分会員」の面倒をあれこれ見ていた。総連の福岡支部で働く専従員は、同胞たちから通称「イルクン」と呼ばれ、尊敬と信頼を得ていて、彼らは、朝鮮総連の方針を分会員に説明したり、「朝鮮新報」を配達したりと、ほとんど無報酬で働いていた。

イルクンが訪ねてきた家の人の最初の挨拶は決まっていた。

「ご飯は食べましたか？」

家人がそう言うと、イルクンは、

「いえ、まだです。ご飯と汁があればお願いできますか？」

「飯とキムチがあればお願いします」

などと言うのだった。

イルクンは、同胞のために無報酬で働いている人たちだから、飯くらい食べさせるのは当たり前だという共通した認識があった。

イルクンは金平団地のほとんどの家に顔を出しており、各家庭の台所事情から夫婦仲まで熟知していた。ご飯を気持ちよく食べさせてくれる家を数軒知っていて、ローテーションで飯時に目当ての同胞の家を訪問するのだ。同胞たちも心得ていて、夕方にはドブを準備して待っている所もあった。もちろん食うに困っているような家庭では、食事に誘われても、

「もう、飯は食ってきました」

と言って帰るのだった。

イルクンの仕事の一つに、分会員の獲得と朝鮮学校の生徒を増やすという課題があった。金平団地に引っ越してきた我が家は、イルクンの拡大対象に無条件に入っていたのだ。白タクに乗っていた父は、夜遅くまで働き、深夜に帰宅すると寝入るため、イルクンの対話の対象は自然とオモニになった。オモニは下関で育ったころから総連の組織を知っており、イルクンが家に来るのに抵抗はなかったようだ。オモニの妹は、下関の朝鮮小学校の先生だったぐらいだから、実家は総連シンパだったに違いない。

イルクンがオモニに言った。

「アジュモニの子供は学校に行かずにいるようだが、どうするつもりですか?」

「いや、学校には行かせたいんですけど、お金もいるし、手続きの時間もないしで、ついつい疎かになってしまいました」

「アジュモニ、子供さんを朝鮮人で育てるつもりですか? 日本人に育てるつもりでしょうか?」

「うちは朝鮮人で育てるつもりです」

「だったら、アジュモニ、子供を朝鮮学校に入れましょう。学校も、すぐそこにあるし」

そうなのだ。朝鮮学校(福岡朝鮮初級学校)は金平団地の敷地内にあったのだ。歩いて十分もかからない場所に。

「オモニ、まだほかに問題がありますか?」(自分の母でなくても、親しくなればアジュモニからオモニと呼び換える)

「月謝とか、まだお金がなくて……」

とオモニは答えた。ここぞとばかりにイルクンが言う。

「オモニ、お金の心配はしないでください。今でもお金のない家の子供たちがたくさん来ています。たしかに月謝はいりますが、それは問題ではありません。ある時に払えば、それでいいんです。手続きなんかも、すべて私がやります」

この言葉でオモニの腹は決まった。

でも、私を学校に行かせない本当の理由は、別にもあった。夜逃げしてきた私たち家族は、住所変更の手続きなどをまだしていなかったのだ。借金取りから行方をくらますためにとられた処置だった。朝鮮学校入学には、外国人登録済証明書（住民票）は必要がなく、国籍が朝鮮か韓国であれば、それでよかった（ちなみに当時の私の国籍は韓国だった）。

オモニは朝鮮人に育てるために私を朝鮮学校に入れ、父は朝鮮学校に入ったのをよしと思わなかったようだ。

ピョンテギという名前

私は、小学三年の二学期の途中から福岡朝鮮初級学校に編入した。九歳になった初秋のころのことだ。この時、「大山泰巳」から「片泰巳」に生まれ変わったのだ。朝鮮語読みで「ピョンテギ」。正式な外国人登録済証明書の朝鮮名は「片栄泰」なのだが、オモニが学校に届け出る時に、姓は朝鮮式で名前は日本名のまま申告してしまったのだった。

朝鮮学校は、広さが約二百坪くらいで、一年から六年まで各一組ずつあった。一組は三、四十人で編成されていて、全校生徒数が二百人前後だった。運動場の広さは一三〇坪くらいで、運動器具は鉄棒しかなかった。七十坪ほどの二階建ての木造校舎が建っていて、一階が一年生から三年生、二階に四年生から六年生の教室が各一つずつあった。学校と言うよりも田舎の分校という雰囲気だったが、半年以上学校に通うことなく年下とばかり遊んでいた私は、置いてきぼりのような暮らしが続いていたので、何よりも友達ができるという希望が持て、理屈抜きに嬉しかった。

編入の日は、青い空に雲一つない、秋のよく晴れた日だった。

朝礼時に校庭で、私と次姉は全校生徒の前に先生たちと一緒に並ばされ、紹介された。朝礼台に校長先生らしき人が立って、

「みなさん、今日から新しいトンム（朝鮮学校では同等の友達とか年下に「〇〇君」の代わりにトンムをつけて呼ぶ）二人が、日本学校から私たちの学校に編入してきました。六年生のピョンスンジャ（片純子）トンムと三年生のピョンテギ（片泰巳）トンムと言います。みんな仲よくしてやってください」

というようなことを言った。

私はこの時点では朝鮮語はまったく知らなかったので、何を言っているのかチンプンカンプンだったが、先生が私の名前「ピョンテギ」と言ったのは聞き逃さなかった。次姉が呼ばれた時はみな黙っていたのに、私の名前が呼ばれた時には、あちこちでクスクスと忍び笑いが漏れ、少し恥ずかしかった。

朝礼が終わり教室に入ると、もう一度クラスメートの前で担任の金先生が私を紹介し、黒板に近い一番前の席に座るように言った。金先生は出欠を取って二言三言話したあと、職員室に

戻っていった。朝鮮学校の中ではすべて朝鮮語で話すので、みんなが何を喋っているのか、まるでわからなかった。

先生が出ていったあと、一番前に座っていた私は、とにかく前を見て、クラスメートと目が合わないようにしていた。その時だった。お世辞にもきれいとは言えない半ズボンに裸足の男の子が（もっとも男の子はみな裸足だったが……）私の目の前に現れるなり、グーで右フックを一発食らわせてきたのだった。その子は日本語で言った。

「俺をなめるなよ！」

私は、またやられてしまったのだ。門司港の古城小学校に編入した初日に倉本から受けた洗礼を、ここ朝鮮学校でも受けてしまった。とにかくケンカなんかしたことがなかったから、殴られても反撃することを知らなかった。

門司港でもそうだったが、何が何だかわからない状態で、座ったままその子の顔を見上げるのが精一杯だった。私を殴ったその子は、「フン！」と勝ち誇ったように自分の席に戻っていった。しかし……。これからの展開が古城小学校と朝鮮学校ではまるで違ったのだ。

私が殴られた時、ほかのクラスメートも呆気に取られて、ただ見ているだけだったが、殴った子が自分の席に戻るやいなや、数人の女の子が取り囲んだ。

「イルソン、あんた何しようとね！」

「ピョンテギは、何もしてないのに何で叩くとね！」

と、日本語でギャンギャン責め始めたのだ。殴った奴は、オイルソンという名で、嚙みつきが得意なケンカ小僧だと後で知った。

隣の席の子が、

「あんた大丈夫?」

と声をかけてくれた時、私は古城小学校での経験もあったので、

「あいつのパンチ結構効くねえ……」

と強がっては見せたが、心の中では泣きたかった。

しばらくすると担任の金先生が飛んできて、事態は思わぬ方向に発展した。

最初、級長らしいトンムが、先生に事の流れを説明したあと、ほかのトンムたちに、この事態をどう思うか意見を述べさせ始めたのだ。

当然のごとく、私を殴ったオイルソンは、みんなから言葉で袋叩きに遭った。私は言葉がわからなかったが、充分に理解することができた。特に、私のように日本学校から転校してきてまだ朝鮮語がよく喋れないトンムが発言した時には、はっきり理解できた。

「オイルソンが今日転校してきたばかりのピョンテギトンムをいきなり殴ったのは、本当に悪いことだと思います」

と言ってくれたのだ。

クラスの子全員が彼を非難して、金先生が最後にオイルソンを立たせ意見を述べさせた。オ

イルソンが何を言ったか知らないが、弁解になるはずもなく、金先生はゲンコツで彼の頭をゴツンと殴ったあと、授業を始めた。私がみんなになるべく気づかれないようにオイルソンのほうを見ると、下を向いて今にも泣きそうに目を真っ赤にしていたので、心の中で、ざまあみれ、と叫んでやった。

一時間目が終わると数人の女の子が寄ってきて、

「大丈夫？　どうもなあい？」

といたわってくれたので、少し嬉しかった。

こうして朝鮮学校の転校一日目が終わった。

金平団地の友達

瞬く間に二学期が終わり、三学期が始まった。私のクラスには三十名くらいの子供たちがおり、男の子と女の子がほぼ同数だった。級長は目がギョロッとしていたので、あだ名が「デメキン」だった。

金平団地から通学していた子供は、私を含め男が八名、女の子が七名くらいだった。あとはみんな、バスと電車を乗り継ぎ市内各所から通学してきていた。

金平組の私たちはすぐ仲よしになった。男の子も女の子も一緒になって団地の中を走り回って遊んだ。オモニたちが夕飯の準備ができて呼びにくるまで、日が暮れたことに気づかないほどだった。「カンけり」、「ナタナタ（鬼ごっこの一種）」、「オタスケ」、「エスケン」、「ひまわり」などなど、金のかからない遊びばかりだった。友達同士呼びあう時は朝鮮名で呼びあっていたが、あとの会話は全部日本語だった。

夏休みに黄、鄭、李と私の四人で川に魚釣りにいった時のことだった。東区を流れる多々良川の支流に架かる橋のたもとで、四人はミミズを餌に釣り糸を垂れたのだが、誰も釣れず、暑い日差しの中、時間ばかりが過ぎていくのだった。

「もう帰ろうか？」

「うーん。帰ろうか」

その時だった。黄の釣竿が大きく曲がり、

「引きよう！　引きよう！」

と、黄が叫び始めた。竿を上げると、その針先に大きなウナギが引っかかっていたのだが、竿を引き上げた途端、プツンと糸が切れ、ボトッと落ちてしまったのだった。草むらに落ちた大ウナギは、クネクネと必死に体をくねらせ、誰の目にも川に逃げ込もうとするのが明白だった。

「捕まえれえー！」

黄が叫び、鄭も李も掴もうとするのだが、滑って捕まえることができない。ウナギが川に逃げきる寸前で、私はちぎった草を手に摑み、両手でウナギを力いっぱい握り込んだ。私の手の中でそのウナギは必死に抵抗した。手の平からウナギの筋肉の動きが生々しく伝わってきて少し気味が悪くなったが、握った手を放さずにいると、不思議にあのヌルヌルがなくなり、しっかりと摑めるようになっていくのがわかった。

手をすり抜け逃げていく恐れがなくなったので、網かごに移し、ウナギは御用となったのだが、網かごの中から何となく私を恨むような目で睨んでいる気がしてならなかった。手を見るとウナギの糊状のヌルヌルが異様な臭いとともについていて、土と草で拭いてみたが、すぐには取れず気持ちが悪かった。

黄は上機嫌で、家に帰るなり、

「オモニ！　オモニ！　俺がウナギ釣ったよ！」

と大声で報告した。黄のオモニは釣ったウナギを見た瞬間、息子の頭をなでながら、

「よう釣ったねえー。アボジが見たらビックリするよ」

と言い、そのウナギをたらいに移したあとも、黄の頭を何回もなでるのだった。

その日の黄の家のおかずがウナギの蒲焼きだったのは言うまでもないが、糸が切れて川に逃げ込む寸前のウナギを捕まえた私に何の礼も言わず、自分だけいい子になった黄が腹立たしかった。

箱崎浜に面する国道三号線を渡って、海辺の反対方向に進むと筥崎宮がある。この神社の参道では毎年秋になると博多三大祭りの一つ、「放生会《ほうじょうや》」が行われ、期間中は、日本全国から露天が集まって賑わうのだった。参道には、金魚すくいはもちろん、広い敷地の中に、お化け屋敷、サーカス、蛇女・豚男の見世物小屋、射的などが、七、八百軒出店していた。期間中は百万人の福岡市民が浴衣姿とか家族連れで訪れるので、参道は人でごった返すのだった。

お金がない私たちは、その人波の中を泳ぐように歩き回るだけだったが、いろいろな見世物小屋の外に置かれたスピーカーからは、小屋の中でキャーッと叫ぶお姉ちゃんたちの実況中継が流されていて、呼び込み役のモギリの口上を聞いているだけでも楽しかった。

「親の因果が子に報い、生まれ出ました蛇女……顔は人間、体は蛇で……」

と、映画の寅さんのような人が、そこら中にいるのだった。

「おい。放生会に五円で飲み放題のコーラがあるじぇ」

と黄が言うので、その夜、言い出しっぺの黄に案内させて、私とほかに三人くらいが放生会に行くことになった。秋の陽は暮れるのが早かったが、祭りの場所には、すでに大勢の人が来ていて歩くのもままならず、私たちははぐれないように気を遣いながら、黄の後をついていった。

「おい。こっち、こっち」

黄の声のするほうに行ってみると、裸電球に囲まれて「コーラ飲み放題。五円」と書かれた板がぶら下がった、自動販売機らしき物が置いてあった。

「ほら、あったろうが」

黄が自慢げに言うので、ついていったみんなが、

「ホントや。あった。五円で飲み放題や」

と感心したが、五円がない私たちは見つめるばかりで、その日は帰るしかなかった。

「コーラちゃ、どげな味がするっちゃろうか?」

と独り言のように言ったが、答える者は誰もいなかった（噂によるとこのコーラの正体は本物を百倍に薄めたあと、炭酸と砂糖を入れて混ぜたもののとのことだ）。

数日後、この中の一人が私たちを出し抜いて、こっそりとそれを飲みにいった挙句に、下痢をしてひどい目に遭ったという噂が風のように流れた。

ゴジラを見た

現在の福岡空港付近に住んでいた金ニワカ（博多銘菓の「にわかせんぺい」のように目が垂れていたので）の家は、金平団地から徒歩で二、三時間かかったが、歩いて遊びにいっていた。金ニワカの家は、当時くず鉄の回収業を営んでいたが、家の裏は林になっていて、小高い山に繋がっていた。その山で隠れ家を作ったり、草すべりをしたりして遊んだ。

ある時、誰かが持っていたマッチで枯れ草に火を付けたところ、思いのほか燃え上がったが、遊びの範疇の私たちは、「小便隊出動!」と言いながら消火に励んだ。

ところが火の回りは速く、とても私たちのおしっこだけでは消すことができないくらいに燃え広がっていった。金は大人たちに知らせに走り、やがて大人数人が消火に駆けつけた。

幸い火がついた場所は立ち木がなく、山間ではあったが広い野原のような所で、消火に当った大人たちは、まだ燃えてない所から長方形に土を掘り起こし、火をその中に閉じ込め、それ以上燃え広がらないようにして鎮火させた。

金平組は、やれやれということでそそくさと引き上げたが、地元の金は逃げることができず、私たちが帰ったあとで大目玉を食らったのは言うまでもない。

次の年の正月に、金から連絡があったので、家に遊びにいくことにした。

金の住む町内には小さな映画館があって、本来入場料は三十円だが、便所に小学生が入り込めるような隙間があるというのだ。金の後を追って臭い便所の隙間から這うようにして中に入り、そこで初めて「ゴジラ」を見た。

映画館は便所のすえた臭いが立ち込め、椅子はほとんどどこかが壊れていたが、スクリーンは大きくて、映画を堪能する分には申し分なかった。

映画はゴジラとラドンが協力して宇宙怪獣のキングギドラをやっつける内容で、ゴジラが漫画「おそまつ君」に出てくる「イヤミのシェー」をした時は、大笑いした。

映画を見たのは夏休みに千鳥橋の交差点の横の広場であった「エノケンの猿飛佐助」という白黒の野外映画以来で、これは大津商店街が開催する無料の映画だった。野外なので蚊に刺されながらも必死に見た記憶が残っている。金ニワカが誘ってくれたゴジラは、初めて見るカラー映画だった。

その年の夏休み中、私は「岩本」という自転車屋さんで留守番のアルバイトをすることになった。この岩本のおじさんは朝鮮人で、私の家の隣に住んでいて、家族がいなかったせいか、私を自分の子供のように可愛がってくれていた。

この自転車屋ではパンクの修理を横で見るだけの毎日だったが、ある日、おいちゃんの留守中にパンクの修理のお客さんが来た。見よう見まねで修理したら立派に直せたことがあって、それからはおいちゃんも安心して留守にするようになった。

ある日、バイト先で留守番をしていると、二〇メートルくらい先から、見たことのある三人連れが楽しそうに歩いてくる。よく見ると、それは同級生の黄と鄭と李だった。

「おーいどこ行くとや?」

と尋ねると、そのうちの誰かが、

「俺たち中洲にゴジラば見にいくったい」

と自慢げに答えた。楽しそうに喋りながら消え去る彼らを見つめつつ、大好きなゴジラを見にいけずに、夏休み中、バイトで過ごさなければならなかった私の思いはトラウマになり、大人になってゴジラフェチになる原因を作った。

バイトの最後の日に、岩本のおいちゃんが私を呼んで、胸の中から大きながま口を取り出し、

「やす、これぱオモニに渡しとけ。落としたらいかんぞ」

と言って千円をくれるのだった。私は初めて手にした千円札を落とすまいと、お金を握り締めたうえ、その手をポケットに入れたまま家に帰り着いた。シワクチャのお札を取り出して、

「オモニ、岩本のおいちゃんが、オモニにやっとけて言うて千円くれたよ」

とお金を差し出した。オモニは両手でそのお金を受け取り、胸に抱きながら、

「やす、よう頑張ったな」

と褒めてくれたが、稼いだ私には一円もくれなかった。オモニから私が褒められたのは、この時だけだった。

オモニの思い出

このころが一番貧乏だった。

朝鮮学校に入った私は、男の子よりも女の子に好感を持たれたようだった。何でも私の髪の毛が茶色っぽくて、彼女らが言うには外国人のようだったとのことだ。でも、うちの家系は生粋のアジア人で、髪が茶色になるような血統はない。体に必要な栄養素が足りない場合、髪の

毛の色が変色することもあると、後に聞いた。

新品の靴を履いた記憶はほとんどなく、汚れたらたわしで洗い、穴があいてもそのまま履いていた。一本しかなかった長ズボンは、私の身長が伸びて合わなくなると、オモニがはさみで切って半ズボンに変えてしまった。この半ズボンは子供心にもかっこ悪くて、履くのが大嫌いだった。その半ズボンも私の成長についてこれず、ある日、前のチャックが壊れて閉まらなくなり、やっとお別れすることができた。長ズボンがなくなってからは、冬でも半ズボンで過ごした。暖かい靴下を履いた覚えもない。

金平団地時代、米の飯が食えなかったことが月に何度かあった。米が食えない日はふかし芋で、ふかし芋がない日は本当に飯抜きだった。米が食えてもおかずがないことはしょっちゅうで、ヤンニョムジャン（ゴマ油風味の醤油）をぶっかけたり、わずかな高菜を買ってきては、それに赤コショウをウンと混ぜて、ゴマ油で炒めたものだけをおかずに食べることが月の半分以上あった。でも、これはうまかった。現在この高菜は「からしたかな」という商品名で販売されていて、博多の名産物になっており、市内の気のきいたラーメン店のほとんどに置かれている。

三か月に一回ほど、オモニが鶏肉のおかずを出すことがあった。肉が丸ごと出るのではなく、わかめ汁の中にぶつぶつした鶏の皮が入っているのだが、肉が嫌いな（受け付けない）私は、絶対に食べなかった。親心としては、普段、肉を食べさせていないので無理をして買ってきたのだろうけれども……。

私が鶏肉を嫌いになったのには、世にも恐ろしい悲惨な事件が背景にある。

ある日、学校を終えて家に帰る道で、あるアジョシが通り道にたらいを置いて座り込み、茶色い物を手にして作業しているところに出くわした。歩きながら見ると、アジョシは鶏を絞めたあとで、その毛をむしっている最中だった。

金平団地の中ではよくある光景で、私がそのまま歩いていると、何と、その鶏がアジョシの手を振りほどき、首が折れて毛が半分以上むしられているのに、私に向かって突進してきたのだった。鶏は私の左足のすねにぶつかると、バタッと倒れたのだが、毛をむしられ、ぶつぶつがにじみ出ている皮をさらけ出し、無残に見開いた真ん丸い目をして私を見つめている。この恐怖に声を立てることも忘れ、呆然と立ちつくしていたら、アジョシが近寄ってきてそれを拾い上げ、私の目の前でもう一回、首をひねりきった。片手にダラッと垂れ下がった鶏の首を摑み、アジョシはたらいのほうに向かうと、何事もなかったように作業を再開するのだった。この事件以来、鶏の肌を見ただけでぞっとしてしまう（当然今でも鶏は口にしない）。

そんな私にとって、いくら栄養のためとはいえ、オモニが出す鶏のおかずは拷問以外の何ものでもなかった。この事件を知らないオモニは、鶏を食べない私を力いっぱい叩いた。

「チーララ、ムンディジャシッ」

「チュックーパボジャシッ」

と言いながら怒って叩くのだが、あまりにも言葉が汚いので訳すのはやめておく。叩くのは、はたきの枝が多かったが、これはムチのように痛かった。太ももの内側の柔らかいあたりを叩かれた時は、息ができないくらい痛く、何本もミミズばれができた。けれど、オモニが疲れるほど叩いても、私は食べなかったし、泣かなかったし、謝らなかった。叩き疲れると、決まってオモニは私を二階の板張りに正座させた。これはこれで大変だったが、私はこの苦痛にも耐えに耐えた。オモニが下から、

「やす。謝ったら下りてきてもいいよ」

と言うのだが、私の腹の中は「絶対謝らん」の一心で燃えていた。五回に一回は謝って終わることもあったが、あとの四回はオモニのほうが根負けして、

「やす。もういいけん下りてこい」

と言うのだった。とにかくカシワ（鶏を「カシワ」とも言う）だけは食べる気がしなかった。もちろん、牛も豚も食った覚えはないが……。

私の背が一六九センチ以上伸びなかったのは、このころ充分に栄養がとれなかったのと、「板張り正座拷問」が影響していると、本気で思っている。

ある日も、嫌いなおかずが出たので食べずにいると、オモニからはたきで鞭打たれたうえで、約束の「板張り正座拷問」が待っていた。一通り拷問のメニューをこなしたあと、腹が減っていたので何か食わせてもらおうとオモニに言ったが、「今日は飯抜きだ」と言われたので、ふ

てくされてそのまま床に就いた。しかし空腹のお陰で眠れず、仕方ないので蛇口に口をあて水道水をがぶ飲みして腹を満たして寝たところ、おねしょをしてしまった。

翌日、おねしょがばれたので、また叩かれるかと覚悟していたら、オモニが笑いながら空の茶碗を渡して、「やす、隣に行って塩をもらってこい」と言うのだった。醤油がない時、味噌がない時に、しょっちゅう隣に借りにいっていたので、私は何の疑念も持たずに隣の家の玄関を開けて、

「アジュモニー、オモニが塩ば借りてこいて言うけん来ました」

と言うと、このアジュモニはいきなり右手を振り上げて私を叩くふりをしながら、

「やす！　お前は年がいくつでネションベンたれよんか！　塩なんかやらん、やらん。帰れ」

と言って追い出すのだった。私は訳がわからなかった。いつもはやさしい隣のアジュモニが、なぜ今日はあんなに怒ったのか。それにしても、私がおねしょをしたことを、なぜ知っていたのだろうか。家に帰って空の茶碗を差し出しながら、

「オモニ、隣のアジュモニ塩くれんかったよー」

と言うと、

「なんて？　駄目や。もう一回行ってこい」

と言うのだった。私は都合三回、家と隣を行ったり来たりして、この問答を繰り返させられた。これが朝鮮人の昔からの風習で、おねしょをした子に与えられる罰だとわかったのは、最

近見た韓国ビデオの一場面からだった。

栄養が足りない私は、夏によくデキモノができた。蚊に刺された所をちょっと掻いただけでも、そこが化膿して腫れるのだ。

ここで、またオモニが登場する。

軟膏なんか、つけたことがない。両手の親指で膿を搾り取るのだ。膿を搾り取る時は、そのデキモノが噴火するギリギリまで待って一気に絞るのが正当なやりかただ。まだデキモノが青いうちに絞ると、痛いのは変わらないのに膿がなかなか出てこないばかりか、そのまま膿の芯を出そうとすると、失神するほどの痛さを伴うのだ。だから膿がたまりにたまって、ちょっと押すと膿がビュッと飛び出るくらいになるまで、デキモノを完熟させて絞る。そうすると、青黄色い膿が出るだけ出て、そのあとに丸い芯が顔を出す。その芯を搾りきると少し血が出るが、これでもう膿は残っていませんという証になるのだった。芯を絞りきらずに、ただ表面の膿だけを何回出しても、デキモノは治らない。

一度、左の太ももにこげ茶色の丸い湿疹のようなものができたことがあった。痒かったのでドンドン掻いているうちにその円は大きく広がっていき、ジクジクし出して、手の平くらいにまで広がってしまった。

「オモニ、何か変なのができとう」

と私が言うと、患部を見たオモニはその大きさにビックリしながら、

「チーララ、ムンディが、何で早く言わんとね」

とたしなめた。

あくる日、オモニは米ぬかを仕入れてきて、それをフライパンで炒めたあと布に包み、絞って出た油を患部に塗ってくれた。すると、不思議にその大きな輪はだんだん小さくなり、治ってしまったのだ。私にできたのは「たむし」という皮膚病だった。しかし、それが米ぬか油で治るとは……。この療法の医学的裏づけは今も知らない。


金平団地の路面電車の停留所がある入り口の方は国道三号線に面していて、交通量が多いこの道路を渡るのは危なかった。道路を渡った向こうは、貨物列車の置き場のようになっていて、雑草が生い茂った中に何本ものレールが走り、そのレールの上にいろんな形をした貨物列車が、次の出番を待ちながら休んでいた。

その草むらの中にはキリギリス、バッタなどの昆虫がいて、子供たちの狩場になっていた。また、そのレールの軌道の側には「ガラ」と呼ばれる石炭のくずが落ちていて、これを拾い集めて七輪で火を起こす時の燃料にするために、金平団地の住人は、大人も子供もこの場所に危ない道路を渡っていくのだった。この道路に横断歩道を作ってくれないのも、歩道橋ができないのも、差別だと言っていた。

そんなある日、「ガラ」を拾って帰る途中のハルモニが、車に轢かれて死んだという話を聞いたが、あくる日には忘れてしまっていた。

その日も私は三号線の右と左をすばやく見て安全を確認し、ネズミのように駆け抜けて国道を横断し、コンクリートの堤を越え、バッタを捕まえにいった。ひとしきり遊んだあと、団地に帰るためにまた堤を越え国道の淵に戻っていった。

「右オーライ。左オーライ」

安全を確認して国道三号線をダッシュで駆け抜け、金平団地側の歩道帯まであと二メートルという所まで走った時だった。

「ドーン」という音とともに、私の体は三、四メートルも弾き飛ばされてしまったのだ。バスの陰から直進してきたオートバイが、減速もせずにまともに私を跳ねたのだった。運転していたのは中年の親父で、何かの配達の途中のようだった。

私が急激に受けたショックで道路にうずくまったまま動けずにいたら、この親父がバイクを止めて近づいてきて、

「ぼく、大丈夫？　大丈夫？」

と聞いてくるのがわかった。私は内心自分がひどく悪いことをしたように感じてしまい、

「うん。大丈夫」

と言いながら立ち上がろうとしたが、駄目だった。

「ぼく、病院行こ。ね、病院行こ」

「いや。よか。病院は行かん」

と言うと、加害者のこの親父は私を両腕で抱き上げ、

「ぼく、家はどこね？」

と聞くので、金平団地の方を指差しながら、

「あっち」

と言うと、私を抱いたまま連れて帰ってくれて、家に上がり込んで畳に寝かせたうえで、

「ぼく、本当に大丈夫ね？」

「うん。大丈夫」

「おいちゃん。ちょっと仕事があるけん、そればすまして、また来るけんね」

と言い、出ていってしまった。

親父がいなくなったあと、急に体が熱くなり全身に痛みが走った。

「うーん。うーん」

唸るしかできない私は、全身に脂汗をかいて、体を右に左に振りながら痛みと闘っていた。

息子が轢かれたのを聞いて帰ってきたオモニが、私を見た途端、

「アイゴー、お前は何で病院に行かんかったんか！　この馬鹿たれが！」

となじったので、私は一層、悲しかった。私を轢いたバイクの親父はとうとう現れず、私は轢かれ損になってしまった。

怪我をしてオモニから怒鳴られた事件が、もう一つある。

ある夏の日、私たちは箱崎浜に海水浴に行った。ここは、博多の伝統行事「博多山笠」の時、祭りの間の安全祈願のために「お汐井取り」という神事が行われる浜辺で、当時は「箱崎浜海水浴場」という、立派な海水浴場でもあった。

泳いでいると足の下に岩場があるのがわかったので、その岩に上がると、それまで胸のあたりの深さだったのが膝の上くらいに浅くなった。岩の上に立った私は、迷わずザブンと飛び込んで、岸に向かって一生懸命泳いだ。泳ぎながら膝がつくようになったので立ち上がると、右の足が妙にチクチクする。見てみたら、何と右膝の上が一〇センチくらいザックリ切れていて、血がダラダラと流れているのだった。飛び込んだ際に、岩の端に当たり切ってしまったのだった。

これを見た大人たちのほうがビックリしたようで、誰かが私を両手で抱きかかえ、自転車に乗せて箱崎浜から金平団地の家まで送り届けてくれた。

傷を見てオモニが言った。

「アイゴー、この馬鹿たれが。お前は何でこげん怪我ばっかりするんか!」

金がないので病院に行けず、この傷は私の自然治癒力に委ねられることになった。最初は薄いピンク色をした肉が見えていたが、その肉がだんだん盛り上がってきて傷口をふさいでいった。病院に行けば十針は縫ったと思える傷だったが、時間はかかったけれども、傷口がどういうふうに治るのかという人体の神秘を、身をもって理解できたのだった。

金平団地の中には朝鮮小学校の斜め前に公衆浴場があった。

「やす、風呂に行こう」

とオモニが言うので、

「オモニ、俺、女風呂やったら行かん」

と相当ごねたけれど、また烈火のごとく怒り出したので仕方なくついていった。女風呂に入ると、同じ学校の女の子と会う確立が高いので、嫌だったのだ。

風呂に入ると、案の定男の子は私だけで、恥ずかしくてたまらなかった。その時、湯煙の向こうに同級生の崔を発見してしまったのだ。私は、

「オモニ、先に上がる！」

と言うが早いか、脱衣所に戻り脱兎のごとく風呂屋を後にして、先に家に帰ってしまった。

「オモニが帰ってきたら、また叩かれるんやろなあー」

と憂鬱になっていたところに、オモニが風呂から帰ってきた。

「やす。お前どこに行っとったんか。探してもおりゃせんで。体もすっとらんやろが」

「オモニ、同級生の崔がおったけん、恥ずかしいけん先に帰ったと。体はあろうたよ」

「チーララ、年がいくつで恥ずかしいか？　崔はオモニも風呂でおうたけん、お前がさっき

までおったのにーて言うたわ」

オモニがタレコミしてくれたお陰で、私がこの日、女風呂に入ったことは結局、崔にばれてしまった。次の日から一か月くらい崔の顔を見るのが恥ずかしくてたまらなかった。けれど、私から裸を見られた恥ずかしさのほうが優先したのか、崔が学校でこのことをばらさなかったので、みんなにからかわれずにすんだ。

このころ、弟の隆はもう一緒に住んでいた。オモニは、私は叩いたが、隆に手を上げるようなことは一度もなかった。

その隆がある日、大事件を起こしてしまった。

日雇いで稼いだ金をガマグチに入れ、用を足していたオモニが、便つぼ（水洗便所ではなかった）にガマグチを落としてしまったのだ。オモニが根性でそれを拾い上げ、お札と小銭を水で洗い、二階のタンスの上に干したまま外出した。隆がこれを見つけて、ゴージャスなお買い物をしてしまったのだ。

私が学校から帰ると、隆と同世代の子供たちが二階のお膳の周りに四、五人集まっていて、私でさえいつ食べたか忘れたチョコレートをはじめ、キャラメルとか数種類のお菓子を広げて会食していた。

「隆、どうしたんか、これ？」

と聞いたら、弟は悪びれた様子もなく、

「兄ちゃんも食べり」

と言ってお菓子を差し出した。不思議には思ったが、私はそのお菓子をもらってすぐ外に遊びに出かけてしまい、夕飯時に家に帰った時には、すべての事実が判明していたのだった。でも、隆はオモニから怒られなかった。

「あんな所にお金を置いとったうちが悪かったとよ」

オモニのこの言葉で事件はあっさりと終了してしまったのだ。もし、この事件の犯人が私だったら、天井から逆さ吊りにされた挙句、夜通し叩かれていたに違いない。ママが昔、私を叩かなかったように、オモニも隆を叩かなかったのは、単なる偶然なのだろうか。食べなかったお菓子は、買ったお店に引き取ってもらい、いくばくかのお金は返してもらったようだ（その店の子供も隆のパーティに参加していた）。オモニは居直ったのか、戻してもらったお金でコロッケを買ってきたので、その日の晩ご飯は久しぶりにゴージャスなおかずになったので嬉しかった。私は、隆から賄賂をもらったことは、もちろん隠し通した。

少年団への入団

私は四年生に進級した。四年生になると、みんな「少年団」に無条件入団する。首に三角の赤いネッカチーフを巻きつけ、少年団の団長が、

「セー、ミンジュチョソヌルウィハヨ、ハンサンペウミョチュンビハジャ！（新しい民主朝鮮のために、常に学んで準備しよう）」

と号令をかけると、みんなは声をそろえて、

「ハンサンチュンビ！（常に準備）」

と、右腕を斜めに掲げ敬礼して返事を返すのだ。ソ連のピオネールを模したこの少年団は、朝鮮学校に通う十歳から十五歳（小学四年生から中学三年生まで）の生徒が誰でも入る生徒会のような組織で、級長とは別に分団長がおり（ほとんど同じ人間がなる）、トップは「団長」と言って生徒会長のようなことをしていた。

学校では赤いネッカチーフを巻いたまま過ごすのだが、金平団地に住んでいる子は一日中巻いて過ごしていた。遠くから通学する子は鞄の中にネッカチーフを入れていて、学校に着くと首に巻くのだった。

夏休みの最中に、この少年団全員で野営（キャンプ）に行った。飯盒でご飯を炊いてカレーを作って食べたりする、どこにでもあるキャンプなのだが、クライマックスはキャンプファイヤーで、火を囲んでグルリと座り、いろいろなゲームをして遊んだ。中でも「ハンカチ落とし」は楽しかった。日ごろ好意を持っている女の子の後ろにハンカチを落として逃げ回るのだ。逆に好きな女の子が鬼になってハンカチを持った時は、心の中で「俺に落としてくれ」と願うのだが、それはなかなか成就されなかった。

「ハンカチ落とし」が終わると、締めの「フィラリ」というフォークダンスが始まる。内側に女の子が並び外側が男で、曲が鳴り出すと手を繋いで焚き火の周りをグルグル回りながら踊るのだが、曲の節目節目で、踊る相手が変わっていくダンスだった。みんな直接手を繋ぎたいくせに、やせ我慢して、木の枝とか割り箸を持って手が触れないように踊っていた。相手が替わる時は心の中で意中の女の子とペアになれるように祈るのだが、一人手前とか後ろでその娘がほかの男子とペアになった時は、残念でたまらなかった。

小学五年の野営は海の家に行った。朝起きて顔を洗っていた時だった。誰かが、「ピョンテギ、来てん。こっち来てん。面白いもんが見える」と呼ぶので行ってみたら、何と男子の成真一と女子の崔が向き合って寝ていて、成の手が相手の肩にかけられて、まるで恋人同士が寝ているように見えるのだった。先に起きていたみんなが遠巻きにして「キャー、いやらしかー」とか言いながら、誰も起こそうとせず喜んで見ているのだった。私は内心穏やかではなかった。崔はそのころ密かに好意を持っていた女の子だったのだ。できるものなら成と代わってほしかった。成は自分の指にできた「ささくれ」を食べる癖があって、暇さえあれば指先をかじっていたため「人食い人種」と呼ばれていた。

海で泳いでいると、二、三メートル先の沖の方にいた安五郎が、私を見るなりザンブと潜ったので、悪い予感が走った。このころ、安五郎は何かと私にチョッカイを出してきていた。潜って私に近づき、海水パンツを脱がそうとしているのが見えみえだったので、対抗して私も潜ったら、安五郎はもう目の前にいた。私と安五郎は水の中で、息の続く限り必死の攻防戦を展開した。二人とも海面に顔を出して息継ぎが終わった時に、安が言った。

「なんか。お前泳ぎきるやんか！」

私が泳ぎができなかったら、ひょっとして溺れさせようと思ったのか。安がなぜ私にこのような仕打ちをするのか、不思議でならなかった。その真相はあとで判明する！

小学六年の夏休みのある日、金平団地中の住人が総出で出かけることになった。私たちも小学生だったが、その場所に学校ぐるみで連れていかれた。着いた所は「九電記念体育館」だった。着いてまず驚いたのが、貸切バスの数だった。数えきれないほどの大型バスが、体育館の前に行儀よく列を作って駐車していたばかりか、大勢の人を乗せたバスが次々と到着するのだ。体育館の玄関の上には、「慶祝！　八・一五祖国解放二十周年記念福岡県記念大会」というアーチが掲げられていて、バスを降りた人たちが続々とその会場内に入っていくのだった。

日本からの植民地の解放を祝うその大会に、福岡県下から同胞たちが集まっていて、その数は約一万二千人だったとあとで聞いた。こんなに大勢の人間が集まったところは初めて見た。私たちは、その大会の「少年団の祝賀団」として動員されたのだった。

少年団の祝賀行事が十分ほどで終わったあとは、もうお払い箱になってしまったが、何せ、大人が終わらなければ帰ることができなかったので、暇をもてあまし、体育館の中を歩き回り、遊びながら時間を過ごすしかなかった。体育館の中は熱気でムンムンしていて、座席の横の通路にたくさん置かれていた氷柱はみるみる溶けていくのだった（当時冷房が設置されていたか定かではない）。

舞台では、大人たちが入れ替わり立ち替わりしながら演説をしていたが、幼い私は、早く終わってくれることだけを祈るばかりだった。当時の総連はこれだけの力を持っていたのだ。

学級トンム（クラスメート）たち

学校では、全校的に「ウリマル（朝鮮語）一〇〇％スギ（使う）運動」が行われていた。学校の中では、一切日本語を使ってはいけないのだ。

「国語指導員」と呼ばれる生徒が、その一日、どこで、だれが、どんな日本語を使ったかを克明に記録しておいて、放課後のホームルームで指摘するのである。

すると、不思議な朝鮮語が生まれ出した。日本学校からの編入生が、すべての会話の語尾に「ミダ」をつけるようになったのだ。

「ソンセンニム（先生）、宿題を忘れたミダ」

「このキムチはおいしいミダ」

と、とにかく最後に「ミダ」をつければ、指導員の指摘からは逃れることができた。

私はというと、朝鮮学校に入学し一年も経ったころには、もう朝鮮語も普通に読み書きできるようになっていて、勉強もクラスの中で上位になっていた。特に週二回の日本語の授業は晴れ舞台だった。朝鮮学校に一年から通っている子たちは、ほかの科目が優秀でも日本語は苦手なのだ。先生はお決まりのように私に教科書を読ませ、みんなに聞かせるのだった。日本語に関しては勉強しなくてもテストは五点だった（朝鮮学校は五点満点方式だった。後に十点満点方式になった）。

朝鮮学校には給食がないので弁当の持ち込みだったが、我が家の事情は、使っていた長姉のお古の弁当箱も、どこにあるのかもわからなくなる状態だった。おかずがキムチだけでも、弁当を持ってこられるのはまだいいほうで、いつしか私は昼飯の時間になると、みんなの食事が終わるまで身を隠すようになっていた。

ある日、みんなの食事が終わるのを見計らって教室に戻り、校庭でサッカーに興じる生徒たちを二階の窓からぼんやりと眺めていた時だった。一年生から六年生までのほとんどの子供たちが狭い運動場に総出で、たった一個のボールを追いかけ回していたが、腹をすかせている私はボールを追う気力もなかったので、賑やかな校庭をじっと見つめるしかなかった。

そんな私にクラスの女の子が近寄ってきて、「ピョンテギ、これ食べり」と言って弁当箱を差し出すのだった。私がビックリして振り返ると、四、五人の女の子が後ろのほうに座って見守っていた。弁当箱を見ると、明らかに数人の弁当から、ご飯とおかずを寄せあって一つの弁当を作ったのが、すぐにわかった。恥ずかしかったが、素直に受け取って、だまって食べた。食べ終わったあと、弁当箱を返しながら「ありがとう」と言いたかったが、照れくさかったので思うように言葉が出なかった。

女の子たちは、「そんなこと言わんでいいよ」と、顔で言っていてくれて、差し出した空の弁当箱をニコッと笑って受け取ってくれた。本当に自然な振る舞いでいやみがなく、たった一度の出来事だったが、忘れることのできない、ありがたい思い出だ。

ある日の朝、教室に入ると、黒板の横の先生の机のほうに女の子たちが数人集まって何やら話していた。やがて先生が来たのでそれぞれが着席すると、出欠をとろうとした先生が、黒板横の隅にある自分の机を見るなり「マッ！」と驚きの声を上げた。私にはまだ理由がわからなかった。

「誰ですか？　誰が割ったんですか？」

先生は、割れた花瓶を指しながら全員を睨みつけ詰問するのだった。先ほど女の子たちが集まっていた理由はこれだったのだ。先生は犯人探しを始めたが、いつまで経っても子供たちの中で手を挙げるものはいなかった。

「わかりました。正直に言わないのなら先生にも考えがあります。花瓶を割ったトンムが名乗り出てくるまで授業はしません」

と言うと、プイッと振り返って教室を出ていってしまったのだ。

先生が出ていくと、みんながガヤガヤし出して収拾がつかない状態になってしまった。仕方ないので級長の「デメキン」が前に出て、先生の代わりに犯人探しを仕切り出した。

「花瓶を割ったのは誰ですか？　正直に言ってください」

「……」

「わかりました。ではみんな目をつぶってください。みんなが目をつぶったら、割ったトンムは手を挙げてください。これならいいでしょう？　では、目をつぶってください。シージャッ（始め）！」

「……」

級長の機転も役に立たず、やはり手を挙げた者はいなかった。犯人探しは暗礁に乗り上げてしまい、級長はもはやなすすべがなくなってしまった。みんなは隣同士でガヤガヤと勝手に喋り出し、時間が経つばかりだった。しばらくして誰かが椅子から立ち上がり、

「昨日、俺が帰るまでは割れていなかった。昨日一番遅く帰った人間が怪しい」

と言い出して、犯人探しは一歩前進し始めた。級長が、

「昨日一番最後に帰ったのは誰ですか？　正直に言ってください」

と言ったが、またしても名乗り出るものは誰もいなかった。数分後、ある女の子が立って、

「私、見ました。昨日一番最後に教室を出たのはピョンテギです」

「エーッ！」

驚いた私の声と、みんなのどよめきの声は一緒だった。級長が飛び出ている目をもっと飛び出させて、

「ピョンテギ、それは本当か？　なんではよ言わんかったんか」

と追及してくるのだが、本当に濡れ衣だった。一番遅く帰ったのかどうか知らないが、何よりも私はやっていないのだ！　なのに数人の子たちが私の席までやってきて取り囲み、口々に、

「正直に吐け！」

「お前が割ったちゃろうが。俺はわかるんぞー」

「ピョンテギ。男らしく正直に言いよ！」

と、まるで人民裁判のように吊るし上げてくるのだった。二十分くらい寄ってたかってみんなから問い詰められただろうか。観念した私は、

「わかった。そうたい。俺が割ったたい」

と言った。

私が告白した瞬間、教室に、「オーッ！」という歓声が上がった。と同時に、一人が大声を張り上げながら職員室に走っていった。

「ソンセンニーム！　犯人はピョンテギでーす！」

数分後、教室に戻ってきた先生は私の席までやってきて、

「テギ、なぜ最初から正直に言わなかったの？」

とやさしく言ってくれた時、私は口惜しくて大粒の涙を流しながら、

「ソンセンニム。僕じゃありません。あんまりみんなが責めるんで、たまらんで嘘ついて自分がしたと言いました」

「マッ！」

その瞬間、犯人が見つかったと安心していたみんなは、顔を見合わせて驚いていた。

先生は泣いている私をじっと見ていたが、やがて私の頭をなでながら、

「テギが犯人じゃないのはわかりましたから、もう泣くのはやめなさい」

と言うと教壇のほうに戻って、

「トンムたち、一応この件はこれで終わります。本当に割ったトンムは、悪いと思ったらあとで先生の所に来なさい」

と言うと、授業を始めた。その後、真犯人が先生の所に行ったのかどうかは知らない。

犯人に告ぐ！　もし、これを読んだなら、もう時効なので名乗り出てほしい！

五年生のある日、私は、同級生の安五郎に放課後の呼び出しを食らった。安は、クレージーキャッツのハナ肇を子供にしたような顔立ちをしていた。日ごろ、安とあまり会話がなかった私は、彼がなぜ私に残れと言うのかわからなかった。

みんなが帰ったあと、安が来て校舎の裏に来いと言うのでついていくと、いきなり胸倉を握り上げ、鼻の穴を広げながらこう言った。

「お前。このごろ横着いやんか」

「俺は何も横着いことしとらん」

「やかましい」

と言って私の頬を二、三発殴った。安は最初から私を殴るために呼び出したのだ。

私は殴られるままだまって立っていたが、三発ほど食らった時点で、口惜しくて涙が一筋すっと流れた。その涙を見たのか、殴るのを止めた安は、

「いいか横着するなよ。横着したら、またくらすぞ（殴るの意）」

と言って去っていった。安がいなくなったあとでいくら考えても、私には安に対し横着な振る舞いをした記憶が浮かばず、口惜しさと無念さが心に募るのだった。

次の日、学校で素知らぬ顔をしていつものように過ごし、何日か過ぎたあと、また安が放課後残れと言ってきた。今度は運動場の鉄棒の近くで、

「お前、横着したら、くらすて言うたろうが」

と言っていきなり殴りかかってきた。取っ組み合いになったが、ケンカは安のほうが上手で、結局パンチ一発とパッチギ（頭突き）を食らい、私のパンチが空を切ったところで誰かが止めてくれた。

私が人に立ち向かった初めてのケンカ（もっとも殴られただけ）で、安もまさか私が立ち向かってくるとは思わなかったようだ。

その後、安は何も言わなくなったが、私に因縁をつけてきた理由は大人になって判明した。当時、同級生に目がクリッとした女の子（以下「クリ姫」）がいたのだが、安はその子が好きで好きでたまらなかったらしい。安は、私を勝手に恋敵に想定し、横恋慕の腹いせをぶちまけてきたのだった。キャンプの海での襲撃事件もこれが原因だった。

私に居残りを命じ殴ったことはみんなに知れ渡り、安は、女の子の総スカンを食らうハメになってしまい、当然お目当ての彼女からも嫌われてしまった。

オモニとの別れ

私たちが四年生に上がった昭和三十八年ごろから、学校に変化が起こり始めた。

私が入ったころ、朝鮮学校の廊下の壁の上段には、朝鮮の歴史上有名な人物・将軍の肖像画が飾られていた。代表的なものに、豊臣秀吉の侵略を打ち破った李舜臣将軍とか、唐の侵略を蹴散らしたカンガムチャン将軍、乙支文徳将軍の肖像画とかがあったのだが、これらが全部取り外され、金日成将軍の幼少のころの肖像画や、金将軍の父親、母親、おじいさん、おばあさんの肖像画と入れ替わってしまった。また、祖国研究室と呼ばれた教室が「金日成将軍革命研究室」と改名され、中の展示物も金日成将軍の生まれた時から、今日に至るまでの写真展示物に総替わりしたのだった。授業にも、金日成将軍の歴史専門の科目ができた。

それまでは、「金日成将軍の歌」と、黒板の上に飾られた肖像画くらいで、学校にいても、そのことはあまり気にはならなかったのだが、この時分から、右を見ても左を見ても金将軍のことばかりになっていった。これは総連の命を受けた朝鮮学校が、学生に対する思想教育を強めて、学生を「金日成主義者」につくり上げていくための第一歩だったのだ。今、考えてみたら、古きよき時代の総連時代が終わりを告げたころだったと言えるのかもしれない。

それまでは、朝鮮学校は祖国の言葉と歴史だけを学ぶ所で、在日はいずれみな北朝鮮に帰るのだから、歴史と言葉を覚えるのは必然だと誰もが思っていた。だから、金儲けをしても、家を作らず墓も建てないと教えられていた。でも、北朝鮮で暮らすためにはそれだけでは足りなかったのだ。「金日成主義者」にならなければ北朝鮮で生きていけない……。朝鮮学校の教育方針に、そんな深い狙いが付加されたことも知らずに、私たちは相変わらず学校に通うだけだった。

ある日、父親が、

「やす、何かプラモデル買ってやろか。何がいいか?」

と聞くので、「少年マガジン」に載っていた「隼」という戦闘機のプラモデルで、プロペラが回って走るのがほしいと注文をつけると、数日経った日曜日の午後、帰ってきた父が、玄関口にいた私に、注文したとおりのプラモデルを渡してくれた。

その瞬間だった。

炊事場で洗い物をしていたオモニが、振り返りざまに恐ろしい形相で父を睨んで、

「何日も家に帰ってこんで何しよったとね!」

と二言三言なじった。それを聞いた父の顔も怒りで引きつったのだったが、何も言わずに後ろを振り向くと、来た道を戻ってそのままどこかに行ってしまった。数日振りに帰ってきた家に一歩も上がらずに……。

私は父とオモニが目の前で争ったのを見て面食らってしまったが、買ってもらったプラモデルのほうに夢中で、足早に二階に上がり製作にとりかかった。

その「隼」のプラモデルが完成した二日後にオモニが家を出ていった。置き手紙もなく、それらしい話もまったくないまま、突然いなくなった。この時は姉たちの解説もなく、もちろん父からの説明もないまま、現実を受け入れるしかなかった。毎日の生活費に困窮する中、日雇い仕事までして金を稼ぐ毎日が続き、収入が少ない父に愛想を尽かしての家出だったのだろう。

私は、またオモニから捨てられてしまったのだ。

十歳までに母親から三回捨てられた経験のある人が、もしいたら会ってみたい。

昭和三十八年はプロレスの力道山が暴漢に刺されて死んだ年で、大好きな人を二人も失った悲しい年になってしまった。でも不思議と涙は出なかったし、恨みつらみも湧いてこなかった。

ママが出ていった時よりも、衝撃は少なかったように思う。

私をよく叩いたオモニ、私を朝鮮学校に入れたオモニ、モヤシ汁がおいしかったオモニ。さようなら……。お陰で私は精神的にも肉体的にも打たれ強い人間になることができました。

Ⅱ 金平団地を後にして

悪夢の一日

オモニがいなくなったあと、我が家は、また引っ越しをした。父は、もともと朝鮮人が好きじゃなかったし、妻に逃げられ、金平団地にいづらかったのかもしれない。

新しい家は福岡市南区の高宮という所にあった。金平団地から車で三、四十分かかり、周りに朝鮮人は一人もいなかった。ここで小学五年生から中学一年の初めまでの二年と少しを過ごした。次姉は小学校を卒業して北九州の折尾にある九州朝鮮中高級学校に通っていたが、高宮に引っ越したあと、中級部を卒業せずに就職した。

高宮のその住まいは、普通の住宅ではなく、丸大という駐車場の奥の、廃屋となった事務所の二階だった。引っ越したあと、この倉庫のような所に、父は畳を敷き、水道を延ばして炊事場を作り、少しずつ手を入れて人が住めるように改造していったのだ。夏は暑く、冬は寒いプレハブ造り、トタン屋根だったこの家は、父が白タクをやめ、新しく就職した不動産会社の持ち物で、ほったらかしになっていたのを、ほとんど無償で借り受けたのだった。

高宮に移る前の金平では、同じ家に住んでいたのに父との生活の記憶がほとんどなかったが、ここ高宮から父との思い出が生まれることになった。

長姉は、ここから九州女子高に通い、次姉はスーパーに働きに出て、弟の隆は近所の幼稚園に通い始めた。私が十一歳、隆が四歳のころだった。

思春期の姉たちは自分のことで忙しく、私の面倒はだんだん後回しになっていった。私は簡単な針仕事は自分でこなすようになったし、洗濯も自分の分は自分でやるようになっていった。

私はここから、金平の朝鮮学校に通い始めた。

通学は、西鉄高宮駅から電車に乗り天神に出て、市内電車に乗り換え金平団地で降りるというコースだったが、この西鉄電車が毎朝超満員の通勤ラッシュで、いったん車内に入ると、天神の下車駅までピクリとも身動きできないのだった。

ある日、西鉄が全面ストを敢行した。それを知らない私は、普段どおりに高宮駅に来てしまった。休もうかとも思ったが、クラスでやっていた「無遅刻・無欠席運動」の達成のために、学校に行くことを決意した。

ほかの大人たちがレールの上を歩いていくのを見て、「よし。俺も歩いて学校に行くぞ！」と、その列の中に加わった。

普段、電車の中にいながら通るその道は、真っ直ぐに何キロもレールが敷かれていて、不思議な道だった。レールの上に立ち、平均台の要領でどこまで落ちずに歩けるかチャレンジしたり、鉄橋を渡る時は枕木の間から見える川面にスリルを感じたりしながら歩いていったのだが、道のりがあまりにも長すぎて、天神に着いた時は、歩き始めて二時間以上過ぎていた。

天神駅に着いて私は大きな間違いを起こしたことに気づいた。天神駅の一つ手前の薬院駅を過ぎると、ゆるい傾斜になり、だんだん坂道を上がっていくのだが、最初の踏切を過ぎる所から高架になっていて、両サイドにはコンクリートの防護壁が登場し、そこから一般道路には出られないようになっている。それに気がつかないまま、線路伝いに天神駅のホームにまで到着してしまったのだ。

誰もいない駅の改札口を出て、外の通路に出る階段の前に来てみると、何とシャッターが降りていて、駅内は外部と完全に遮断されているのだった。

「あちゃー。外に出られん」

そう思った瞬間、二時間以上歩いた疲れがどっと出てきて、しばらくベンチに腰掛けたまま、動く気になれなかった。

「どげんしよう」

答えは、来た道を高架が始まる踏切の所まで戻るしかないとわかっていたが、戻る第一歩を踏み出すまでに時間がかかった。ベンチに寝転んでみたり、座り直したりしながら、十数分過ごした挙句、「しょうがない。戻ろ」と独り言を吐き、誰もいない天神駅のホームを後にした。

一般道路に出られる踏切の場所まで、また四、五十分歩かなければならない。そこまで戻って一般道に出たあと、この天神駅まで戻らなければならないのだ。体力的にも時間的にもこのロスは耐え難いものだった。憎たらしい防護壁は延々と続いていて、ダイナマイトがあれば爆破してやりたいと思った。

歩き始めて二十分くらい経った時だった。防護壁の向こうから家の屋根やビルの屋上がチョロチョロ見え始めた。

「うん？　ひょっとしたら、あの防護壁を乗り越えたら高架の隣にあるビルか民家の屋根伝いに外に出られるかもしれん」という思いが浮かんできた。

その思いはこの日、私が犯した第二の過ちだった。

防護壁沿いに歩きながら、高架の壁に隣接していて飛び移れるような建物を探していたところ、ほどなくして防護壁にほとんど直結した状態で、二、三メートル下に屋上があるビルを見つけた。防護壁は高さが一メートルちょっとだったのですぐ乗り越えられ、幅も五、六〇センチくらいあったので上に立つことができたのだが、下を見ると、ジャンプして飛び降りるには落差がありすぎて、とても無理だと思われた。ここで止めておけばよかったのだ……。

私はジャンプして飛び降りるのを諦め、防護壁に両手をかけてぶら下がるようにしながら体を垂らした。着地点を確認するために下を覗いてみると、さっきは二、三メートルにしか感じられなかったビルの屋上が、一〇メートルも下にあるように見え、怖くて手が離せなくなってしまったのだ。よじ登ろうと腕に力を入れたが、伸びきった腕は縮まらず、私を支えるだけが精一杯だった。

私の運命は風前の灯だった。一生懸命踏ん張ってぶら下がり続けていると、そのビルの向こうの歩道を歩いていた通行人たちが私を見つけた。

「あ、あんな所に子供が！」と言う声が聞こえた時、私の手はとうとう力尽きてしまった。

走馬灯のように思い出が蘇ると言うが、あれは本当だ。ビルの屋上に着地するコンマ何秒の間に、確かに私の頭の中では、今まで起こった出来事が次々に浮かんでは消えていったのだ。

ドシャッ！

鈍い音がした瞬間、両膝に激痛が走り、息ができなくなって悶絶してしまった。私は痛みが治まり、息ができるようになるまで、ピクリとも動けずに三十分くらいじっとしていた。何とか体が動くまでに回復したので、立ち上がり、今度はそのビルの屋上から隣の低い所にあるビルへ、それから民家の屋根伝いへと降りていき、やっとの思いで歩道に出ることができたのだった。ビルの屋上に移ることには成功したが、その代償はあまりにも高くついてしまった。

それから二時間近く歩いて、やっと学校に着いた。朝、家を出てから飲まず食わずのうえに、死ぬ思いまでして満身創痍で到着したのだ。私は頭の中で、「ピョンテギ。よう頑張った」と言いながら頭をなでてくれる先生と、私を取り囲んで拍手してくれる同級生を思い浮かべながら学校に着いたのだが、校庭にも教室にも誰もいない。

職員室に行って先生に聞くと、

「ピョンテギ、連絡が行かなかったのか？　今日は西鉄が全面ストやけ休校にしたんだぞ」

と言うのだった。

この日は悪夢の一日になってしまった。四時間以上歩いて家に帰り着いた時には、痛む膝を抱え込みながら、私は性も根も尽き果てていた。

新聞配達と牛乳泥棒

そんな電車通学も、定期代の関係で自転車通学に切り替わった。自転車は万引きで自己調達した。自転車では一時間二十分くらいかかった。

この自転車通学のきっかけは、家の近くで目についた新聞配達募集の広告だった。新聞少年に応募し、配達をするようになったのだが、この新聞配達が自転車を万引きするきっかけになったのだ。

最初に任された配達区域は、高宮の山手地域にある高級住宅地だった。配達部数は五、六十部だったが、坂道を自転車で押し上げながら配るのは苦痛だった。

私に販売店が貸し与えた自転車は大人向けの荷物運搬用で、頑丈なうえ重かった。特に冬はたまらなかった。三〇度ほどもある雪が積もっている坂道で、この自転車を押し上げるのは、まだ体が小さい私にとって、エジプトのピラミッドの石を運ぶ奴隷のような苦痛だった。その苦痛が私に自転車を盗む決心をさせたのだ。

四段変速ギアの自転車を手に入れた私は、その自転車で通学もするようになった。

配達区域での唯一の楽しみは、熟した柿の実で、高級住宅地の庭に植えられた柿の木は丹念に手が入れられていて、八百屋にあるものよりも色艶がよく大きかった。秋になると、配達区域のあちこちにそういう柿の実がぶら下がっているのだ。最初は、一つ二つ自分が食べる分しか取らなかったが、だんだん大胆になり、布製のナップザック一杯収穫し、学校でみんなに配ったこともあった。

そのうち配達区域が変わり、今度は街中になった。部数は八十部ほどに増えたが、配達は前より楽だった。そして、新しい配達区域は、牛乳とパンがいただき放題だったのだ。

その当時は牛乳も朝配達されていて、家の軒先に牛乳を入れる箱が置いてあった。私はバレないように、毎日同じ家から取らずに、なるべく分散させて牛乳を失敬した。パンは、販売店の前に配達された木の箱の中に出来立てが入っているのをいただいた。靴が破れていた時は、洗って干してあった運動靴を取ったこともあった。

そんなある日、いつものように牛乳をおいしく飲んだあと、定例コースに戻り新聞を配っていたら、後ろから、

「こら！　待て！」

という声がしたので、自転車をとめて振り向くと、同年代くらいの男の子が私を呼び止めていた。自転車を降りて対峙した私に、

「お前か、牛乳泥棒は！」

と怖い顔で彼が言った。体は私よりがっしりしていて、背も少し大きかった。私が牛乳を盗

むところを目撃して追いかけてきたのだ。私は、

「知らん」

と言ったが、ケンカになると負けるな、と直感した。

「お前、学校はどこか！」

「朝鮮学校たい！」

と言うと、その子が少したじろいだのがわかった。

「お前が牛乳をかっぱるけん、俺は弁償させられよるんぞ」

と、今度は半泣きで言ってきた。

彼は牛乳配達の少年で、私の新聞配達地域と同じだったのだが、自分が配った牛乳が再三盗まれるので、配達先からクレームが出ていたのだ。私が「朝鮮学校」と言わなければ、殴られていたかもしれない。「朝鮮学校」と言ったおかげで、彼がひるんだのは間違いなかった。よく見ると、その子も貧乏人の子というのがわかった。牛乳少年は、「いいか、もう絶対取るなよ」と言って、自転車に乗って去っていった。その日から私は牛乳泥棒をやめた。

新聞配達で稼いだ金がいくらくらいだったか記憶に残っていないが、この金を家の生活費に充てた記憶はなく、ほとんど食事代と小遣い、文房具、参考書の類に使っていたと思う。

唯一の楽しみは映画だった。家から自転車で十五分くらいの距離に邦画専門の三流映画館が二軒あり、よく見にいった。映画館の道路真向かいにあったスーパーマーケットに寄って、十

円くらいのアーモンドが二つ入ったチョコレートは現金で買い、本当に好きだったピーナッツの入ったお菓子は万引きして映画館に入るのだ。入場料は八十円くらいだった。友達も親も知らない唯一の楽しみだった。

この二軒の映画館はいつも三本立て上映で、新作映画が封切りされたあと、二、三か月して上映されるのだった。加山雄三の「若大将シリーズ」、クレージーキャッツの「無責任シリーズ」、勝新太郎の「座頭市シリーズ」、「兵隊やくざシリーズ」、小林明の「あいつシリーズ」が好きだった。園まり主演の「夢は夜ひらく」という映画を見た時は、園まりにおか惚れしてしまい、本屋の立ち読みで見た週刊誌で彼女がハワイに行くという記事を目にした時、恋人が遠くへ去っていってしまうような感じがして、一抹の寂しさを覚えたものだ。十一、十二歳のころだが、ませた映画ばかり見ていた。

少年窃盗団

そのころ、私たちは少年窃盗団になっていた。

私たちは親が買ってもいないのに、二、四段変速ギア自転車を持っていて、十段変速の自転車を手に入れている奴もいた。自転車は各自で調達していたが、当時はやっていた「レーシングカー」はみんなで盗んだ。

ここでの主役は成イチローだった。彼は、体格もよくケンカも強かったが、弱い者いじめなどはしない、気合いの入った悪ガキだった。成が授業中に発言したり、手を挙げて答えたり、黒板で問題を解くような姿はついぞ見たことがなく、その姿をいくら思い出そうとしても思い浮かばない。その代わり授業が終わると、彼は少年窃盗団の元気のいいボスに変身するのだった。

櫛田神社の近くにあるプラモデル屋さんが、一番被害を蒙ったお店だった。成を先頭に五、六人の少年が店を訪れ、まず成が店の親父に、いつ行っても在庫がないのを承知で（もちろん買うつもりもない）、「ロータス・マークⅡは入ったな?」と聞くのである。成が親父の気をひいている間に、私たちはほしいレーシングカーを物色するふりをしながら、衣服のお腹の中に物を隠し、成功した者から店を出ていった。基本的に自分が取ったものは自分のものだったが、みんなが公平に持てるように分けていった。おかげでこの貧乏人の子供たちの家には、レーシングカーだけは最低二、三台あった。

ただ、私たちには、このレーシングカーを走らせるロードがなく、有料のロードで走らせるためのお金もなかった。博多駅横にあるバスセンターの三階に、レーシングカーを走らせる8の字の有料ロードがあったが、確か十分で百円だったと思う。そこでレーシングカーを手に持ち、よその子が走らせるのを見つめるのが精一杯だった。

さすがに、お金を盗むようなことはしなかったが、レーシングカーは、だんだん宝の持ち腐れになっていった。

そのころ私は、新聞配達を終えてから自転車で通学していたため、遅刻が多かった。

六年生の冬の日に、いつものように遅刻をして教室の扉を開けると、黒板の前に六、七人の生徒が並んで立たされていた。その生徒たちの顔を見ると、例の少年窃盗団の面々だったので、瞬間的に先生にばれたことを悟った。

担任の梁先生が、ただでさえ大きい目をもっと大きくして私の顔を覗き見ながら、

「ピョンテギ、お前もやっただろう！」

と言うので思わず、

「ハイ！」

と答えてしまった。

私の返事を聞いた梁先生は、顔を真っ赤にして、左から順番に窃盗団の頬にビンタを張っていった。

バチッ、バシッと、だんだんと私の番が近づいてきた。

先生は、私の前に立つともう一度、

「やっただろう！」

と聞くので、うつむいて小さな声で、

「ハイ。やりました」

と言った瞬間、強烈なビンタが頬に炸裂した。私にビンタを食らわせたあと、先生はもう一度、立たされている窃盗団生徒の左端に戻り、今度は一人ひとりに聞きながらビンタを張っていくのだった。

「やっただろう！　正直に言え！」

「いえ、やってません」

バシッ。

「お前もやっただろう！」

「やってません」

バシッ。

同じ問いかけと同じ返事が繰り返され、そのたびにビンタを見舞われていた。うつむいていた私がそっと目をやると、直立不動で立たされている生徒が、ある者はベソをかきながら、ある者は大粒の涙を流しながら、その仕打ちに耐えて立っていた。

「しまった。まだ誰も口を割っていなかったのだ」

ここでやっと状況が飲み込めた私だったが、後の祭りだった。先生は、

「ピョンテギはやったと言っているじゃないか」

と、今度は私の証言を盾にとってみんなを責めるのだ。

結局、すべてがばれて、少年窃盗団が持っていたレーシングカーは先生が没収することにな

り、私も持っていた二台を差し出した。

みんなは、私が先に口を割ったことで二、三発余計にビンタを食らうハメになったが、事件のあとは何も言わずに許してくれた。主犯格の成が、今でも酔っ払ってこの話になると、「この垂れ込み屋が」と言って、四十年前の話で責める以外は……。

噛みつき小僧の帰国

この時期、北朝鮮に帰国する人たちがかなり多かった。

昭和三十四（一九五九）年の八月、北朝鮮と日本の間で結ばれた「帰国協定」により、在日朝鮮人は、北の共和国に帰れるようになったのだが、その帰国第一次船（以下、「帰国船」）が、その年の十二月十四日に出て以来、昭和四十年ごろまでの五、六年間が一番帰る人が多かった。

転校初日に私を殴ったオイルソンの家族も帰ることになった。帰国する人たちが福岡を出る時は、多くの同胞が集まって送別会を行い、博多駅に送りにいった。東京行きの列車に乗り込む帰国家族たちを、ブラスバンドの演奏のもと「金日成将軍の歌」を合唱し、共和国旗を振りながら大勢で送り出すのだった。

オイルソンは見送る人々を悲しい目で見つめながら、一言も言わずに去っていった。

電車が走り出すと、「マンセー（万歳）！　マンセー！」と叫ぶ同胞たちの声がプラットホームを揺るがした。私は仲がよい友達ではなかったので、あまり寂しさはなかった。

朝鮮総連は帰国する同胞を募集していて、日本で苦労するより北朝鮮に帰ったほうがよいと同胞たちを教化していた。生活苦にあえいでいる家庭、熱烈な総連支持家庭、日本にいても、やがてはやくざになり、命がいくつあっても足りないような子供を持っている家庭などなどが帰っていった。オイルソンの家庭も、ひどく貧乏だった。

二十数年前、私が共和国を訪問した時、ウォンサンの短期訪問団が専用に泊まるホテルの中庭で、偶然オイルソンに会う機会があった。暗くふさいだ目は当時と変わらず、花壇の淵にしゃがみ込み、誰かを待っているようだった。

「お前、オイルソンやないとや?」

私が言うと、彼はけげんな顔で見上げたが、言葉がなかったので、

「俺たい。ピョンテギたい。お前、転校初日に俺ばくらしたろうが」

と言ったが、頭を振るだけで思い出せないのだった。二十数年ぶりに会う同級生に何とか思い出してほしかったのだが、駄目だった。私は諦めて、二言三言適当に話してその場を離れた。心の中で、「そうやな。今思い出してもどうにもならん。思い出してもろても、何か援助できるわけやないし……」と、自分を慰めるようにぼやきながら宿舎に向かった。

後で聞いた話だが、彼は共和国に帰ったあとも、かなりやんちゃのケンカ三昧で、あちらの人間の言うことをまったく聞かない問題児とのことだった。

小学校六年の二学期を迎えてすぐ、教務主任が急に家庭訪問に来ると言い出した。

「先生、家に来てもアボジ（父）は夜遅いし、誰もいませんよ」と言ったが、とにかく明日は一緒に帰ろうというので、しかたなく頷いた。その日、家に帰って父親に家庭訪問の件を話したかったが、父が帰る前に寝てしまい、当日の朝は新聞配達を終えて、そのまま学校に行ってしまったので、結局父には言うことができなかった。

授業が終わり、教務主任は教室まで来て、

「じゃあピョントンム、一緒に行こう」

と手を握った。自宅の前に着き、駐車場の奥に進んでいく私に、

「この奥に家があるのか？」

と聞くので、

「ハイ」

と答えた。二階のお化け屋敷のような事務所を右に見ながら、階段を上っていた時、教務主任が、

「うーん。人間の住む所ではないな」

と独り言のように言った。私はそれを聞いて、みじめというよりも、自分の今の境遇をわかってくれたようで、何となく嬉しかった。

後でわかったことだが、朝鮮学校に入校してから一度も月謝を納めていない我が家の状況を確認しにきたのだった。ひととおり家の中を見回した教務主任は、「アボジが帰ってきたら連絡をくれるように伝えなさい」と言い残して帰っていった。

卒業記念公演

卒業式を前にしたある日、先生が私を呼んだ。私は「月謝の話なら嫌だなあ」と思いながら職員室に入ったところ、安五郎が好きだった「クリ姫」と二歳年下の権という女の子がストーブに手を当てながら、先生と一緒に何やら談笑していた。

「ピョンテギ、こっちにおいで」

と先生が言うので、その輪の中に入ると、

「今度の卒業式に記念の文化祭を催すことになり、その中で『罠にはまった虎』という劇をすることになりました。その劇には主人公の虎と、兎と鹿が出てくるんですが、虎役をピョンテギ、ウサギ役をクリ姫、鹿役を権トンムでやることになりました。今から台本を渡すので台詞を暗記するように。いいですか」

という話だった。女の子の前で月謝の未払いの話をされるのが辛かった私にとって嬉しい話であったし、晴れがましい話だった。文化祭の劇に出るのは、幼稚園の時、「桃太郎」の鬼役で出演して以来で、しかも今回は主役が張れるのだ。

劇「罠にはまった虎」は、山中で落とし穴に落ちた虎が助けを求めているところに出くわした通りすがりの鹿が、可愛そうに思い助けてやったところ、虎はその恩義を忘れ鹿を食べようとするのだが、それを見ていた兎がとんちをきかせ、虎を元の穴に戻して鹿を助けるという物語だった。

私たち出演者三人は、放課後に居残って毎日一生懸命練習した。目立ちたがり屋の私は、練習が楽しくて、台詞も一番に覚えた。女の先生たちが一生懸命手縫いで作ってくれた衣装を着てからの練習は、もっと楽しくなって熱が入り、指導の先生から褒められるたびに、

「ウォーッ。腹が減って喉が渇いて死にそうだー」

という虎の一番初めの台詞の声が高くなっていくのだった。

そして卒業式の日がやってきた。

遅刻が多かった私は、皆勤賞の表彰は受けることができなかったが、卒業生中三人しかいない「六年間最優等生」の一人として表彰を受けた。三年の二学期からの編入なので、実際は三年と三か月の最優等の成績なのだが、表彰の対象が三年間か六年間しかなかったので、担任の先生が六年間の通しで最優等生と格上げしてくれていたのだ。

卒業式が終わって担任の梁先生に、

「先生、お世話になりました」

と挨拶したら、私の頭をなでながら、

「テギ、お前が一番だ」

と言ってくれたのが、何よりも嬉しかった。

卒業式が終わったあと、校舎の二階にあった四、五、六年の教室の間仕切りを取り外して作られた、にわか作りの講堂で、公演は行われた。舞台は机をかき集め、その上にござを敷いた粗末なものだったけれど、私にはひのき舞台だった。

一生懸命練習したかいがあって、その劇は大好評のうちに幕を閉じた。公演後、力強い拍手が鳴り響き、見にきたアジョシ、アジュモニたちが、「アイゴー、あの子はどこの子供ね。うまかねえー」と言うのが、舞台の上の私にも聞こえてくるのだった。

記念公演で主役がはれた私は鼻が高かったが、一番見てほしかった私の身内は、誰もそこにいなかった。

卒業式と劇が終わり、さあ帰ろうとする寸前に父が教室に入ってきて、私には目もくれず担任の先生の所に行き、何やら話したあと、お金を払っているのが見えた。父は、卒業式の最後の日に、溜まりにたまった月謝を払いにきてくれたのだ。父が朝鮮学校に来たのは、これが最初で最後だった。

Ⅲ 挫折への道のり

九州朝鮮中高級学校への入学

中学一年に進学したころ、高宮の丸大駐車場を出て、同じ南区の平和町という所に引っ越しをした。名前も「平和荘」という、六畳と四畳半の部屋にキッチンがついたアパートだった。四畳半の部屋で姉二人が寝起きし、六畳の部屋で私と隆、そして父の三人が寝起きした。新聞配達は引っ越した時点で辞めたが、最後の給料を前借りしたまま、ある日突然いなくなったので、新聞の配達所に迷惑をかけてしまった（現在、罪滅ぼしの意味でその新聞を購読している）。

この平和荘に引っ越してから、テレビが見られるようになった。しかも、それはカラーテレビなのだ。高宮にもテレビはあったが、その白黒テレビはチャンネルのダイヤルが壊れて取れてしまい、その後、映らなくなってしまっていた。

我が家の貧乏も少しずつ改善されていった。父が初めて焼き肉屋に連れていってくれたのは、このころだ。我が家も外食ができる身分になったのだ。金平団地時代に父とオモニがやっていた焼き肉屋では食べたことがなかったので、本物の焼き肉を目の前にしたのは、この時が初めてだった。しかし一切れ二切れ食べるうちに、油分が妙に気持ち悪くなり吐き出してしまった。もう長く肉を食っていなかったので体が受け付けなかったのだ。私が焼き肉に慣れるまで、相当の時間がかかった。本当に焼き肉がおいしいと思ったのは、就職してみんなで食べた十九歳の時だった。

新居に落ち着き、春休みを過ごしたあと、私は中学校に進学した。

同級生の中には、経済的な理由で中学に進学できなかった者も数人いたが、入学式で頭を坊主にした私たちは、北九州の折尾にある九州朝鮮中高級学校での新しい学校生活に夢中で、進学できなかった友に対する関心は、すぐになくなってしまった。

折尾の朝鮮学校に行くのには、博多駅から唐津につながる筑肥線の小笹駅で電車に乗り、博多駅まで行って鹿児島本線に乗り換え、下関行き朝八時十分発の快速に乗るのだが、先頭列車の一番前か、後部の便所の隣の座席は朝高生（朝鮮学校の生徒）のご指定で、日高生（日本学校の生徒）が一番車両に乗るのはタブーだった。先輩たちが乗る車両と場所も確定されていて、後輩がそこに乗車することは許されなかった。

遅刻はするけども、午前九時前後に発車する列車は、蒸気機関車用の客車が連結されていて、タラップに出るとドアが開放でき、夏場に遠賀川の長い鉄橋を渡る時、身を乗り出して風を受けるのが気持ちよかった。

折尾駅に着いて正面広場を左に曲がり、ガードをくぐって道なりに行くと、バスセンターに出る。そのバスセンターから国道を渡り、右手の蓮池という小高い丘の上に九州朝鮮中高級学校があった。

校門を入ってすぐ左側に「夜警室兼受付」があり、そこからグラウンドの左側に沿って校舎に向かう道があった。校舎は三つの建物からなっていて、向かって左側が鉄筋の三階建ての建物で、ここに私たち新入学の中学生が入る、一組から六組までの教室があった。その校舎の右隣に、古い木造の二階建て校舎があり、一階に中学二年生の教室が四つで、二階に三年生の教室があった。高校生たちは、一番奥の鉄筋の三階建て校舎に入っていた。

当時、九州で朝鮮小学校は、福岡、小倉、八幡、田川、大牟田の五か所にあったが、中学校は、高校と併設で作られたここにしかなかったので、小学校を卒業した大部分の朝鮮中学生は、一時間以上かけての通学を余儀なくされたのだ。朝鮮学校は、国（日本政府）から一般学校と認められていなかったので、国鉄の定期も学割が適用されず高かった。

毎日、校門には高三の怖い週番の先輩が立っていて、このころはやっていたラッパズボンを履いた生徒は追い返されていたし、ひどい時ははさみで切られることもあった。男子生徒は普通の学生服だったが、女生徒の制服はチマ（スカート）・チョゴリ（上着）の民族服だった。小学生のころは男も女も制服がなかったので、私服が大部分だった。折尾の朝鮮学校は違ったのだ。女の子は、冬は黒の上下で、夏は白いチョゴリに黒いチマだった。

このチマ・チョゴリは時によって通学時のトラブルの原因になった。私たちのころには、朝高の女生徒がチマ・チョゴリを着て通学するのは、同じ電車に乗る日本人にも大方認知されていたのだが、ごくまれに通学中の朝高女生徒をからかう大人がいた。そんな時、彼女らは飛んでくるのだった。

「オッパー（お兄ちゃん）、今あっちでイルボンサラム（日本人）の男がうちに『朝鮮に帰れ』て言うたー」

「どこかー。連れていけー」

彼女が言ったのと、それを聞いた先輩が走り出したのは、ほぼ同時だった。

ある日は、中学部の男子生徒が日高生から、帽子につけている朝高のバッチを取られそうになって、先輩に泣きついてきた。朝高のバッチやボタンには三つのペンが三菱マーク形にあしらわれていたのだが、これをほしがる日高生がたまにいたのだ。

「ソンベー（先輩）、今、××が日高生からバッチを外せて言うて脅されようですー」

現場から逃げてきた中学生の後輩が言うと、

「どこかー。連れていけー」

と、先輩が形相を変えて走っていくのである。入学して間もないころには、そんなことがよくあった。たぶん折尾に朝鮮学校ができた草創期には、こういうことが多かったと思われる。幸せなことに（?）、私たちが通学するころからは、先輩たちの庇護もあり、日高生から脅されるようなことは皆無で、逆に中学生の分際で日本の高校生に睨みをきかせる者も出てくる始末だった。

入学したばかりの私たちにとって、この電車通学は毎日遠足のようで、車中で持ってきた弁当を早食いしたり、帰りの電車が空いている時は、博多駅に着くまで「王様・奴隷ジャンケンゲーム」をしたりして遊んでいた。

私は一年一組に配属されたが、この組は、小倉、八幡、田川などの各朝鮮小学校卒業生の混成で、四十名近くの比較的真面目な生徒が集められた組だった。一組から六組まであって、一年生だけで総数二百名以上はいたと思う。一組から四組までが朝鮮小学校卒業者で、五組と六組は日本学校からの編入生で編成されていた。

組の振り分けが終わったあと、先生が、「外国語授業が英語とロシア語の二科目あり、好きなほうを選択できるので、各自希望を書面で提出するように」と言ったので、私は迷わず英語を選択したのだが、数日して、「一組と二組はロシア語、三組と四組は英語になりました」と言うのだった。

ロシア語は当時、北朝鮮での第一義的な外国語で、朝鮮に帰った場合、必要と見なされていたのだ。この時に、組別で外国語授業を編成したため、二年に進学して行われた組替えでは、クラスがロシア語・英語の混成になり、外国語授業のたびに、それぞれ教室を移動しなければならなかった。

他方、各小学校でケンカが強かった実力者たちの間では睨みあいが続き、一触即発の状態だったが、ある日、とうとう大将戦が勃発した。

小倉と八幡出身の学生の中には番長対象者はおらず、小学校時代に少年窃盗団のボスだった成イチローと、田川小学校から来たカンの二人が最終候補者となり、ケンカが始まったのだ。事実上このケンカの勝者が学年番長と誰もが認める戦いで、放課後、一年二組の教室で、男の同級生が数十名見守る中で戦いは始まった。殴り合いのあと、成が押し倒し上になっても殴っていて、結局、成の勝利で戦いは終わったが、カンもすんなり謝るとか、頭を下げるとかするタイプではなかった。そのうちカンが学校を辞めたので、成の学年番長は揺るぎないものになった。

ある日、私が行橋から来ていた悪がきと小競り合いになった時に、「成がおるけん引き下がるけど、成がおらんかったら本当は許さんからのー」と言って、その悪がきが引き下がったのでケンカにならずにすんだことがあった。その場に成はいなかったのだが、彼の威光（?）は隅々を照らしていたのだった。

漫談コンビ結成

こんな事件のあと、職員室に呼ばれたので行ってみると、級長の梁極天も呼ばれていて、先生がこう言った。

「今年の新入生は、九州朝鮮中高級学校が創立して以来、一番優秀と評価されているが、特に君たち二人は頭もよく、先生たちは期待している。今年は九州朝中高ができて満十周年を迎える記念すべき年で、学校はそれを記念し大文化祭を催すことにしたのだが、君たちに白羽の矢が立った。二人でコンビの漫談に出演してくれ」

小学校の卒業記念公演劇の「罠に落ちた虎」の演技が評価されたのかどうだかわからないが、私はまた勉強のあと居残って、台詞を覚え、漫談の練習に没頭しなければならなかった。相方の梁極天は、当時のクラスメートの中で一番と言われた秀才で、私の組の級長もやっていて、みんなが一目置いていた。けれど私は内心、自分が劣っているとは思っていなかった。

私たちは、国語の先生から台詞の発音と言い回しを教えてもらい、九州朝鮮歌舞団の人から身振り手振りを指導されながら、漫談コンビに変身していった。この九州朝鮮歌舞団の団長は、この時に私を気に入ったのか、卒業してからも歌舞団に入れとスカウトしに来るほどだった。漫談は、朝鮮語がいかに優秀な言葉なのかを面白おかしく紹介していく内容なのだが、指導の先生から、

「たとえば日本語の笑い声は、『ハハハ、ヒヒヒ、フフフ、へへへ、ホホホ、クスクス』くらいしかありませんが、朝鮮語には笑いを表現する言葉が三十以上あります。トンムたちは、日本語の中に溶け混じった朝鮮語がどのくらいあるか知っていますか？　案山子《かかし》、侍、サラバとか、もとはみんな朝鮮語なのよ」

と教えられて、漫談の練習をしながらも、民族心が高揚していくのだった。

公演前の四、五日は、出演者全員が学校で寝泊まりしながらの練習になった。そのころには

学校中が記念行事の準備に追われていた。高校生の先輩たちは授業などしておらず、パネル作り、舞台の小道具、大道具、背景作りなど、すべて自分たちでやっていた。また、合唱、重唱、独唱の練習の歌声があちこちから聞こえ、そこにブラスバンド、カヤ琴、朝鮮舞踊の音楽などが入り交じって、大変なことになっていた。高校の舞踊部のお姉さんたちが、滅多にできない化粧をして踊る姿が、鮮明に記憶に残っている。

この騒ぎの中にどっぷり浸かっていた中学生は私と梁だけで、ほかのクラスメートは蚊帳の外だった。

高校三年生の教室があった校舎の一階部分の壁を取り払って即席の講堂にし、机を寄せ集めた上にゴザを敷いた舞台が作られ、カーテン生地を縫い合わせた緞帳ができて、リハーサルが行われた。実際の舞台の上で本番のとおりにやってみるのだ。これは、当日の出演者たちが、自分たちの公演を自分で見れる最後の機会だった。緞帳が開き、合唱から始まった試範公演は、重唱、カヤ琴、独唱、ブラスバンドなどの演目が終わり、いよいよ私たちの出番になった。

白い上下のパヂチョゴリ（民族服）に青いチョッキを着た、いがくり頭の私たちが舞台に登場すると、それぞれの舞台衣装に身を包んだままのお姉さんたちが、「キャー、可愛い！」と客席のあっこっちで歓声を上げげた。私たち二人はまるで本職の漫談師のように、覚えた台詞を一言も間違えずに演技することができた。漫談が終わった時、大きな拍手の音が聞こえ、成功の手応えを肌で感じとることができて、誇らしかった。

この日から半年間ほど、私と梁極天は高校生のお姉さんたちのアイドルになってしまい、通学の路上で頭をなでられたり、声をかけられたりすることが続くのだった。

創立十周年行事は、福岡県下はもとより、子供を寮に託している九州中の学父兄参加のもと、盛大にとり行われた。即席の講堂は隅から隅まで観客でいっぱいになり、各演目が終わるたびに拍手喝采を浴び、有終の美を飾ることができた。この文化祭で私と梁極天は学校内で存在を不動のものにし、デビューを華々しく飾ることになったのだ。

梁極天は、北九州市若松区の出身だった。貧乏な家に生まれて、親は総連のイルクンをしていた。九州朝高開校以来の秀才と言われ、優秀な成績で朝高を卒業したあと、朝鮮大学まで行ったのだが、大学二年の時に単身で北朝鮮に帰国し、今はピョンヤンに住んでいる。彼は北朝鮮に帰ったあと、現地の大学に入り直して卒業し、頑張り抜いて労働党員になった。もし帰国せずにそのまま日本にいたなら、朝鮮総連の大幹部になっていたことだろう。

柔道部からブラスバンド部へ

文化祭が終わり通常の日々に戻ったある日、金洋一が、「テギ、クラブはどこに入るかもう決めたんか？　俺は柔道部に入るつもりやけど、よかったら一緒に入らんか？」と誘ってきた。

金洋一は、小学校は小倉だったが、久住山で行われた少年団の合同キャンプで知り合って以来の友達で、中学生になってからは同じクラスで学んでいた。クラブ活動自体に関心がなかった私だったが、付き合いで一緒に入ることを即断した。

柔道部は、高校三年生の先輩を筆頭に、私たち新入生を加え総勢十五人ほどだったが、一緒に入った新入生四人のうち、二人は一週間で辞めてしまい、私と金が残った。

練習がとにかくきつかった。新入生は先輩が来る前に教室の机をすべて後ろに押しやり、畳を敷いて教室を柔道部室に作り変え、雑巾がけをしなければならなかった。

一番嫌だったのが乱取り稽古で、これは先輩と実戦さながらに戦うのだが、来る日も来る日も投げられてばかりだった。乱取りの稽古で一番の恐怖は、高校三年の主将が相手の時だった。私の背丈が一六〇センチくらい、体重が五〇キロちょっとに対し、キャプテンは身長一八〇センチちょっとで、体重八〇キロ以上はあり、大人と子供の試合だった。足払いをかけられた時は二メートルくらいの高さから背中を下にして落下するのだが、畳にドンと着地した時は、息ができなかった。この先輩たちからは、私たちを強くしてやろうという気持ちは全く伝わってこなくて、まるで投げ技練習用のモルモットのような扱いだった。

私と金洋一は、いつしか練習をさぼって逃げて帰るようになってしまった。何日かサボって帰っていたある日の昼休み、何と高校生の主将が教室に来て、通学定期を没収し、「練習に来たら返す」と言うのだった。

定期がないと家に帰れないので、仕方なく地獄の練習に出たが、それも一週間続かずに、私たちは定期がないまま、無賃乗車で練習をサボって帰るようになった。

国鉄（現ＪＲ）電車の無賃乗車を、隠語で「テッポウ」と言い、朝鮮語で「チョルポ」と言っていた。駅に入る時は、有効定期を持っている者が数人先に入って、そのうちの一人がみんなの定期を集めて外に出て、私たちに定期を配ってくれるのだ。私たちは他人の定期を改札口の職員に素知らぬ顔で見せ、駅の公舎に入り込み電車に乗る。車中で改札が来た時は便所に入り、改札が行き過ぎるまでじっと待っていて、仲間の合図で出ていく。降車駅に着くと、また複数の者が先に出て定期を集め、再度戻ってきてその定期を配り、駅を出ていくのだった。知恵があり手先が器用な者は、一か月定期を上手く偽造して三か月定期にしたりもしていた。

あの手この手で無賃乗車を繰り返し、練習をさぼって帰る私たちを、やっと主将は諦めてくれた。私たちも正式に退部を申し出て、どうにか柔道部とおさらばすることができた。

柔道部を辞めて一か月もしないある日、金洋一が私の所にやってきて、こう言った。

「テギ、今度はブラスバンド部に入ろうや」

今度も私は即断して一緒に入ることにした。

キャプテンに入部を申し出、部室で並ばされた私たちは、唇の厚さを見回されたあと、担当する楽器がその場で決められた。

「お前は、唇が薄いからホルンを担当しろ」

「えッ、ホルンちゃ何ですか？」

心の中で思ったが、聞くのはやめた。

次の日、練習で渡されたのは、長い金属管がかたつむりのようにグルグル回っている楽器で、プーともブーとも音は出なかった。とりあえずマウスピースだけを肌身離さず持って練習していると、数日して音は出るようになったが、その後、いくら練習しても本来のホルンの澄んだ音を出すことはできなかった。致命的なことに楽譜が読めず、音感が悪かったので練習がだんだん負担になっていった。

そんな日々が続く中、一緒に入った金洋一が、北九州の黒崎に新設された朝鮮初中級学校に転校することになり、同級生でブラスバンド部に残ったのは、私とフルートを吹く女の子の二人になってしまった。あげく、新しく入部してきた後輩たちが非常に上達が早かったため、実力的にどんどん追い抜かれてゆくようになってしまった。そして三年生になり、三年の男子部員が私しかいなかったので、中級部のキャプテンになってしまった。これは迷惑な話だった。

ブラスバンド部は、県下で総連の大会がある時は、「金日成将軍の歌」とか「愛国歌」などの演奏をするために動員された。大会だけでなく、総連主催のデモ行進にも動員されて、隊列の前方で楽器を吹きながら行進もした。ちょうど「帰国協定」が打ち切られる時期（昭和四十二年度）は、打ち切り反対のデモ行進が多く行われたので、しょっちゅう駆り出されていた。

キャプテンのはずの私だったが、あまりに下手なため、この大会とかデモにお呼びがかからず、おいてきぼりにされることもしばしばあった。

後輩たちからは、演奏が下手なために尊敬されていないのが手に取るようにわかり、惨めな練習の毎日を過ごしていたが、中学三年の一学期に、もうこれ以上辛抱できず退部を決意した。私が辞めて後輩たちが喜んだのは、言うまでもない。

壁新聞づくりと思想教育

二回もクラブの選択を誤った私は、しばらく放課後のクラブ活動を控えることにして、勉強と学級委員活動に専念することにした。相変わらず勉強はよくできたし、学級では壁新聞部長になっていた。

朝鮮学校では男が級長をすると女が副級長をするように決まっていた。また、団旗手といって少年団の旗を持つ役割があり、これが実質的に級長の次、それから壁新聞部長という順番だった。私は水彩画も得意で、製作した壁新聞の新作ができるたびに、みんなが喜んで見てくれた。壁新聞を書く時は、まず学級委員会で決まったことを文書化し、それに合う絵を模造紙に描くのだが、授業が終わったあと、居残って一生懸命書いていた。そうするうちに、一緒に居残って手伝ってくれる学級委員の女の子たちが二人三人と増えてきて、男の学級委員の子も手伝ってくれるようになった。

ある日も、夜遅くまで壁新聞を製作して夜八時過ぎの電車で家に帰り、翌朝、教室に来て自分の下足ロッカーを開けると、一枚の封筒と木の葉が入っていた。開いてみると、「今日○時に○○で待っているので必ず来てほしい」というクラスメートの女の子からの手紙が入っていた。

「しまった」

私は瞬間思った。

昨日、下足ロッカーの鍵を忘れてきていたので、一日中裸足で過ごした私は、帰りもロッカーを開けないまま下校したのだった。

「この手紙は、ひょっとしたらラブレターだったかもしれないのに……」

悪い話であれば呼び出してまで話す必要がないし、木の葉を一緒に付けて手紙を置くはずもない。しかし時すでに遅く、その日、彼女は私に一瞥もくれなかった。私も気恥ずかしくて声をかけることができなかった。この淡い思いは、これで終わってしまった。

ある日、壁新聞の製作時に、マジックで文章を書き終わり、背景に北朝鮮の旗を書き込もうとしたら、赤い絵の具が底をついていたので、仕方なく国旗を青一色で書き上げたことがあった（北朝鮮の国旗を描くには赤、青の絵の具が必要なのだ）。

翌朝、教室に入ると、昨日、夜遅くまでかけて書き上げ、掲示板に貼っておいた壁新聞が剝ぎ取られてなくなっていた。最初は誰かのいたずらかと思っていたら、担任の先生から呼び出され、

「テギ。昨日、トンムが書いた壁新聞だが、君が帰ったあと、教頭先生がそれを見て、国旗を青一色で描いたのは思想的に問題があるということで、外してしまった」

と教えられた。

朝鮮学校では成績、品行の優劣とは別に、最優先の課題として思想性が高くなければいけないのだった。思想性が高いという評価を得るためには、その専門の科目でよい成績を取らなければならないのはもちろんだが、授業とは別に行われる「学習運動」で、金日成将軍の著作や『抗日パルチザン参加者の回想記』、『人民のなかで』という指定図書をたくさん読んで、金日成将軍の偉大性とか卓越性に感銘したという感想を真剣に吐露しなければならなかった。

あの当時、朝鮮学校が私たちに求めた理想像は、要するに「金将軍は朝鮮五千年の歴史の中で初めて人民を解放した偉大な指導者で、朝鮮革命を遂行するためには金将軍の指導のもとに一致団結して、将軍に身も心も捧げられる革命家になりなさい」ということだったのだ（そう教えていた先生たちが、今では韓国籍に切り替えている人も少なくない）。

「青一色で仕上げて何が悪い？　じゃあ、白黒の共和国の映画はみんな問題なのか？」と心の中で思って、黙って聞いてはいたが、納得できなかった。私はこの一件からその教頭先生が嫌いになってしまった。

このころ、私たちは年に二、三回、北朝鮮から送られてきた映画を見せられていたのだが、映画は全部モノクロだった。映画を見る時は授業をせずに、八幡市民会館まで学校ぐるみ全員で出向いていたが、その内容は大きく分けて二通りしかなかった。

一つは、夜も昼も高層建築物の工事が進む都市の風景と、魚がたくさんとれて豊漁旗を翻しながら港に帰る漁船、収穫した米俵が小山のように積まれた周りを踊りながら祝う農民たちの姿など、豊かに発展している北の共和国の姿を撮った記録映画。

もう一つは、抗日パルチザンの物語。「遊撃隊の五兄弟」とか「明星」、「血の海」という題目で、ほとんどの映画が、抗日パルチザンが雪山の中で食べるものも着るものも不自由する過酷な状況の中でも、金将軍を仰いで忠誠を誓い、日本軍と戦うストーリーだった。対する日本軍は朝鮮人の村を襲いみな殺しにして、乳飲み児さえも燃える火の中に投げ込んだり、捕まえたパルチザンに根拠地のありかを喋らせるため火責め、水責めの拷問を課しては最後に殺すというように残虐無情の限りを尽くすのだった。私が見る限り、ストーリー的には退屈で、娯楽性の微塵もない映画だったが、日本軍の悪逆さだけは心に残っている。このような映画で「日帝植民地三十六年」だけは、きっちりと勉強させてもらった。

近代歴史の授業では、関門トンネルとかタンナトンネルを掘る工事に強制徴用された朝鮮人が枕木の数分死んだとか、地元の田川、飯塚の筑豊炭鉱では、朝鮮人炭鉱労働者が日本人労働者の三分の一の給料で雇われ、充分な飯と睡眠も与えられずに一番危険な鉱区で働かされたうえに、落盤事故で死んだ人は数知れないとか、あまりのつらさに朝鮮人が逃げ出すと山狩りが行われ、捕まったが最後、見せしめに殴り殺されたとかいう話を聞いた。私の父は自発的に日本に渡ってきたが、先輩、同級生、後輩のアボジたちの中には、確かにそういう経験をした人たちが無数にいたのも事実だった。

朝鮮学校は、そういう悲惨な境遇にあった朝鮮民族を救ったのが金日成将軍だったと教えてくれたのだが、もう一方の歴史の事実だった、ソ連軍の参戦による朝鮮の解放は教えてくれなかった。私は朝鮮戦争の中国義援軍の参加と役割のすべてを卒業した後に知った。

映画で金将軍が登場すると拍手することが義務づけられ、金将軍を呼ぶ時は「鋼鉄の英雄であられ百戦百勝の英将でもあり、朝鮮民族が初めて抱いた太陽で、在日同胞の慈愛に満ちた父で……」という美辞麗句を並べなければならず、ノートにその名を書く時は、ほかの字よりも大きく濃く書くように指導された。

まだある。教室に出入りする時は肖像画に向かって一礼をすること、金将軍の写真は顔の部分で折り曲げないこと、写真は絶対に顔が切れるように写さないこと、父母よりも金将軍が偉大だと思うことなどなど、書き始めたらきりがないほどだ。

私は「金日成主義者」にはなれなかったが、朝鮮人だという自覚と自負心だけは強く心に根付いていき、「イルボンサラムに負けてたまるか」という根性が日増しについてゆくのだった。

ある日の朝、先生が授業の前に、「みなさん。日本の警察の策動により、金景子トンムの一家が不当に逮捕され大村収容所に連れていかれました」と沈痛な表情で言うのだった。

金景子は、金平団地のころからの幼馴染の女の子で、本人はもちろん、妹も弟もよく知っていたので、他人事ではなかった。中学生になってからは疎遠になったが、金平団地で毎日一緒に遊んだ仲だったのだ。

大村収容所は、そのころよく聞く名で、主に密入国して捕まった韓国人が韓国に強制帰還させられるまで収監される、ほとんど刑務所のような施設だった。金景子の父親が密入国者だと発覚して、家族全員が警察に拘束され、大村収容所に収監されたというのだった。金景子の父親が本当に密入国したのかどうかは知らないが、捕まった時点で彼女の父親が総連のシンパであったのは間違いなく、彼女自身が朝鮮学校に通っていたので、私たちの日から見ると、北朝鮮と総連を敵と見なしていたあのころの韓国に強制帰国させられるということは、即、監獄行きに間違いないと思われた。身近でこんな事件に遭遇すると、先生たちが口癖のように言う「策動」とか「差別」の言葉が重みを増して聞こえてくるのだった。幸い彼女の一家は、収監後一年数か月して無事釈放されたが、警察への不信感が深く胸に刻まれる事件だった。

たまりゆく不満

学校の思想教育が日々強くなっていく中で、私は一つのジレンマを抱えるようになっていった。どうしても、級長になれないのだ。

一年の時は、学年ナンバーワンの梁極天が同じクラスだったので、彼の級長は納得できた。

二年になって、北九州方面から通学していた学生たちが新設された朝鮮初中級学校に集団で転校し、折尾の学校には博多・筑豊方面の学生たちが残った。二年二組に配置された私は、内心、級長は俺だと思っていた。だが、実際級長に抜擢されたのは、金平団地のころからの幼馴染の梁淳植だった。

梁は、頭はそこそこだったが、小さい時から将棋がメチャクチャ強かった。腰が悪いのか背中が真っ直ぐで、この男の背中は曲げたら折れるのじゃないかと思えるほどだった。しかし、梁淳植は級長になると、眠っていた力を発揮し始めた。性格はその背中に劣らないほど実直で、まじめだった。

ある放課後、職員室に呼ばれた私が教室に戻ると、みんなが、

「ピョンテギ、大変よ。級長が金天典ともめて、二人で対バテ（タイマン）すると言って出ていったよ。早く行って止めて」

と言うので教室を出てみると、廊下の端で二人が殴り合っていたのだ。

私は止める前に、互角に金天典と殴り合っている級長に感心してしまった。「この男もやる時はやるねえ」というのが率直な感想だった。梁淳植がケンカをするのは初めて見たし、相手の金天典は田川から来ていた悪童だったのだが、その金と一歩も引かずに殴り合っていたのだ。

中学三年生になってからは、クラスの中で「熱誠者組」、「普通組」、「落ちこぼれ組」の色分けがはっきりしてきた。「熱誠者組」は特別頭がよくなくても一応まじめで、少年団活動に積

極的な者だった。後で知ったことだが、親が総連の「イルクン」をしているとか、要は総連の活動に積極的に関与しているかどうかが選別の重要な判断基準になるというのだった。

中学三年になって間もなく、この色分けの選別で決定的な出来事に直面することになってしまった。少年団の総会が開かれ新役員（生徒会）が選出されることになったのだが、私は心ひそかに役員に選ばれるものと思っていたので、緊張した面持ちで参加していた。いろいろな議題が終わって、いざ新役員選出の議題になった時、司会者が、

「これより新役員を選出するための『役員選出小委員会』のメンバーを発表します。委員長としてピョンテギトンム、委員として……」

「ウン！　委員長？」

「役員選出小委員会」が何かよく理解できていなかった私は、名前が呼ばれた時点で新役員に選出されたものと、一瞬誤解してしまった。

「これより休憩に入ります。『役員選出小委員会』に選ばれたメンバーは、少年団室に集まってください」

と司会者が言って休憩に入ったので、言われたとおりに少年団室に入っていくと、

「さあ、みなさん座ってください。トンムたち『役員選出小委員会』の役目は、少年団の新役員を、みんなの代表として吟味して決めることです。先生が今から新役員のメンバーを発表しますから、意見があれば述べてください」

と、少年団指導担当の先生が言うのだった。この時点でも私は自分の名前がその中にあるものと疑わなかった。先生が続いて、

「では発表します。少年団団長（生徒会長）に○○、副団長に××、……文化部長に李三哲、以上です。では、この役員候補に意見があるトンムは述べてください」

そのメンバー中に私の名前はなかった。心の動揺を抑えるのが精一杯だったが、李三哲が新役員に入るのだけは許せなかった。彼が嫌いだったのではなく、本当に役員として不適当だと思ったので、私は担当の先生に、

「先生、私は李トンムの役員選出に異議があります。彼は少年団の役員としては適当と思いません」

と意見したら、先生は反対意見が出るのを予期していなかったようで面食らったのか、

「ピョントンムは、李トンムのどこが駄目だと言うのか?」

と少し怖い顔をして聞くのだった。意見があれば言えというから発言したのに、逆に詰問された私のほうが今度は面食らってしまった。

「それは……」

私は言葉に詰まってしまった。李はそのころチョロチョロ万引きをしていて、私はその事実を知っていたのだが、そのことをこの場で言えるはずがなかった。担当の先生が、

「明確な理由がなければ、その異議は認められません。ほかのトンムたちの中で意見があり

ますか？」

みんなを見回しながら先生が言うと、もう誰も声を発する者はいなかった。

「なければ、みんな拍手で採決してください」

パチパチパチ……。うつろな拍手の音が少年団室に響いた。

「では、これで『役員選出小委員会』を終わります。みんな総会に戻ってください」

少年団室を出て、総会を開いている教室までの廊下を歩く私の心は重たかった。

「なぜあいつが選ばれたのか？　あれよりも俺が劣っているのか？」

自己評価で恐縮だが、中学三年の一学期までの私は、成績、品行、そして思想性においても決して人に劣っているとは思わなかったのだ。明らかに私よりも頭が悪く、人望がない、金平団地からの幼馴染だった李が役員になり、私は学級の壁新聞部長のままで総会は終了してしまった。

ご丁寧にその役員を選ぶ少年団の総会で「役員選出小委員会」の委員長に抜擢されてしまった私は、集まったみんなの前で新役員の面々を自分の口から紹介する破目になってしまったのだ。「役員選出小委員会」自体が官製のもので、あらかじめ学校側が作成した新役員を追認するためだけに開かれるその場限りの集まりということが、終わってわかった。仲のよい友達も、「ピョンテギが役員になると思っていたのにねえ」と言ってくれたが、その言葉は余計に私をむなしくさせた。少年団の役員になれなかった矛盾は、私の心の中で急速に大きくなっていった。

学校では、年に一回、身辺調査書みたいなものを私たちに配って書かせていた。その項目の一つに、出身成分、社会成分というのがあって、自分が生まれた時の親の職業を記載するようになっていたが、これが嫌だった。私の父の出身成分は「商工人」で、社会成分は「未組織」だった。早い話が総連の事業に加担していない商売人ということで、朝鮮学校の主旨である、熱烈な総連支持者の子供は代を継いで支持者に育てなければならないという枠外の存在だったのだ。李の親は父母ともに総連の役員だった。私よりも勉学・人望とも劣っていた李が選ばれた理由は、ただこの一つなのだ。もうこれから先、どんなに頑張っても、私は親の出身成分が変わらない限り、少年団の役員にも級長にもなれないことがはっきりしたのだった。

表面にはあまり出さないが、目立ちたがり屋で負けず嫌いの私には、耐え難い出来事だった。人から見れば、そんな理由で、と思われるかもしれないが、少年団の役員になれなかった私の心は、日々すさんでいくのだった。

担任の先生が私の気持ちを察知して、励ましてくれた。朝鮮大学を卒業後に赴任した先生で、九州朝高の教員生活で初めて担当したのが私たちのクラスだった。安い給料の中でたこ焼きを腹いっぱい食べさせてくれたこともあったし、中学三年の私にマルクスの『資本論』という分厚い本をくれて、「これを読め」と勧めてくれたりもした（この本は今でも記念に持っている）。

二学期の期末試験で白紙の答案用紙を出した時は、こっぴどく怒られて追加試験を受けるように相当説教されたが、私は試験を受けなかった。

朝鮮学校に入学以来、中学三年生の一学期まで「最優等生」で通してきたが、二学期の学期末の結果は「普通生」という評価へ二段階転落し、勉学への意欲は急速に落ちていった。

面白くない日は学校をサボってよく映画を見にいくようになった。まだ真面目だったので、サボっても映画を見にいくのが精一杯だったのだ。もともと映画が好きだったが、「荒野の用心棒」という映画を見てからはマカロニウェスタン（イタリア製西部劇）にはまってしまい、「荒野の用心棒シリーズ」は欠かさず見るようになった。モデルガンを買って、それを分解して組み立てたり、ガンベルトを腰に下げ、早撃ちの特訓をするほどのめり込んでいた。

短い冬休みがあっという間に終わって、学校生活が始まったが、相変わらずやる気は起きず、授業も学級委員生活も手につかなくなっていた。あれも駄目これも駄目という心境に自ら陥ってしまい、自暴自棄になってしまっていた。

これまで自分が勉強と学級委員活動に一生懸命やってきた自負と、それに対する学校側の評価の違いに、私の心の中の矛盾と憤りは日を追って大きくなっていった。中学卒業を前にして、やり場のない鬱積はもう爆発寸前になっていたが、はけ口が見つからず、悶々とした毎日を過ごしていた。そんな私をじっと見ていた三人の男たちの魔の手が、刻々と近づいてきているのも知らずに……。

不良への誘い

やるせない日々を過ごしている時期に、組も一緒にならなかったのであまり口を聞くこともなかった幼馴染の成イチローが、何かと話しかけてくるようになった。成は相変わらずで、よく言えば硬派一本やり、悪く言えば不良だった。

成イチローと金ニワカは中学二年生の時からラグビー部に所属していたが、ラグビーは危険だから中学生の入部は許されていなかったのに、この二人は体が大きいということで許可されていたのだった。朝鮮学校のラグビー部は不良の集まりで（中には真面目な部員も少々いたが）、各ローカル線の番長級など、とにかく荒くれ者ばかりだった。

中学三年生の二学期くらいから、私は小学校からの同級生だった元少年窃盗団のボスの成イチロー、山火事を起こした金ニワカ、クリ姫に横恋慕して私を殴った安五郎と急速に親しくなり、それまで仲よくしていた真面目な友達と過ごす時間が減っていった。

ある日、安五郎が、「おう、ピョンテギ。今日俺の家に遊びこんや？　お前酒飲んだことなかろうが。飲ましちゃるじぇ」と誘ってきたので、好奇心もあり、その日の帰りに遊びにいくことにした。

安五郎の実家は博多駅裏でくず鉄の回収業を営んでいたが、この男が一番おませで、中学のころからスポーツ新聞を読みまくり、スポーツ、芸能情報に明るく、中学生のくせにハンチングをかぶり、耳に赤鉛筆をはさんで競艇場にも出入りしていたようなことを言っていた。どこでお金を工面するのかわからないが羽振りもよく、寿司を奢ってくれて、酒を飲ませてくれたのだ。

安の家の近所のスナックに誘われてついていくと、中学生のくせに常連のように振る舞っていて、マスターと示し合わせていたようにオレンジ色の綺麗なカクテルを差し出した。

「ピョンテギ、お前がこの酒を三杯飲んだあと一〇メートル真っ直ぐ歩ききったら、俺は何でも言うことを聞いちゃる」

と言うので、私は出されるがままに、その酒を三杯飲み干した。

安が言うとおり外に出て、少しもよろけずに一〇メートル歩きとおしたところ、びっくりして、

「お前、あの酒飲んでどうもないとか?」

と聞いてきた。顔色一つ変わらない私を見て諦めたのか、再び店に戻って安が言うには、

「お前、この酒はスクリュードライバーて言うて、別名女殺して言うんぞ。飲みやすいけポッポッ飲んだら、腰が砕けるちゅう酒なんぞ」

と教えてくれた。なるほどその酒はおいしかった。でも安が言うほど強い酒とは思わなかった。安は私が酔っ払わないので頭にきたのか、マスターに、

「こいつにジンバックをやって」

と酒を追加したので、私は、またおいしくいただいた。四、五杯飲んでも顔色が変わらない私に業を煮やしたのか、しまいには、アブサンをやってくれと言い出した。アブサンが何かわからない私は、安が言うままに飲んだのだが、このアブサンはとんでもない酒だった。飲み込んだ瞬間、喉が焼けるように痛かった。もったいないので飲み込みはしたが、今度は胃が燃えているのがはっきりわかった。

「何やこれは！」

びっくりして問い質す私に、安がやっと報われたような顔をして、アブサンをカウンターに少しこぼし火をつけて見せた。

「これはアブサンて言う、世界で一番強い酒たい」

と、勝ち誇ったように言いながら笑うのだった。でも、その顔は赤く染まり、明らかに私より酔っていた。この男が私に酒を教えた張本人だ。

安は、梅宮辰夫と黛ジュンのファンだった。彼は映画にもよく連れていってくれた。映画は、東映のやくざ映画だった。高倉健の「網走番外地シリーズ」、鶴田浩二の「任侠シリーズ」は見逃さなかった。耐えに耐えた健さんが、夕日を背にして一人、仇のやくざに殴り込みにいくシーンになると拍手が起こり、「待ってました。健さん！」と掛け声がかかる時もあった。中洲の東映映画館を出ると、私たちは高倉健と鶴田浩二になりきっていた。

映画館を出たあと、もう日も暮れて薄暗い通りを歩いている時、金ニワカがタバコに火をつけてくわえたところを見たのだが、その仕草が今見てきた映画の主人公のようにかっこよく見えた。見つめている私に気づいた金が一言いった。

「ピョンテギ、吸うてみるか？」

「おう、吸う」

私は一本もらって肺の奥まで一服吸い込んだ。普通はここで咳き込むのだろうが、私にはおいしかった。ハイライトが八十円、ショートホープが四十円で、私はハイライトから吸い始めた。大人になった今、一日四十本以上吸うヘビースモーカーになってしまい、タバコだけは覚えたことを後悔している。

金ニワカの家に金新羅が遊びにいった時のことだった。二人は家にあった50㏄のカブに二人乗りして公道を走っていた。その時、運悪く警察に捕まった。派出所に連れていかれ、調書をとられることになったのだが、警察署員が金ニワカにこう言った。

「君の名前と住所は？」

この質問には金は素直に答えた。続けて警察署員が聞いてきた。

「お父さんとお母さんの名前は？」

「お父さんは金○○で、お母さんはオモニたい！」

「ウン？　もう一度、お母さんの名前ば言うてみい」

「だけん言いよろうが！　お母さんの名前はオモニたい！」

「オモニちゃーなんか」

「あんたも、しつこいなあ。朝鮮語でお母さんばオモニて言うったい！」

「お前、いい加減にせい！　誰がお前に朝鮮語ば聞きようか？　名前ば言え！　名前ば」

金はここで切れた。

「小さいころからオモニて呼びようけん、オモニしか知らんたい！」

「ングッ……」

小学校時代に山火事を起こして、母親の名前を知らなかったこの金が、私にタバコを教えた張本人だ。

成イチロー、金ニワカ、安五郎の三人と博多駅の地下街を歩いていた時だった。

「ピョンテギ、腹減ってないや？」

と、言うので、

「うん。腹減ったねえ」

と答えた。

「うどん食べろうか？」

「食べたいバッテン金持ってないじぇ」

「よかよか、大丈夫。うどん屋に入ったら別々に座って、食べ終わったらお前は先に出ていいけん」

「ええ?」

私はちょっと戸惑ったが、すぐに何かただ食いのやり方があるんだなと直感した。

博多駅の地下には、おいしいうどん屋が二軒あった。このうどん店は、あらかじめ小ネギを丼いっぱいに盛ってテーブルに置いていて、私はきつねうどんにネギを山盛りに入れ、いなりがつけば大満足だった。

初めての無銭飲食は結構度胸もいったが、言われたとおり別々に座り、食事をすませた私は、後に続く者が金を払うようなそぶりをして先に店を出た。

狙うのは店が忙しい時だ。配膳と片付け、レジなどで店がごった返している時がベストなのだ。混雑を狙った私たちの無銭飲食の成功率は一〇〇パーセントだった。

中学三年から高校に上がるまでの数か月間、私はこの幼馴染の不良たちとこのように一緒に過ごした。心の中では、これでは駄目だと思う気持ちと、今までにない楽しさとが葛藤していたが、時間が経つに連れ、心はどんどん不良になびいていった。

春休みのある日、成が止めを刺しにやってきた。

「ピョンテギ、お前、床屋はどこに行きよんか?」

別に馴染みはなかったので、

「家の近所の床屋に行きよう」

と答えると、ニヤッと笑い、

「俺が知っとう床屋がものすごくうまいったい。そこに行けや。俺が連れていってやるけん」

と言うので一緒についていった。

その床屋は成の自宅の近所にあり、彼の行きつけだった。

店に着くなり、成が私の好みも聞かずに床屋の主人に言った。

「これの頭ば高倉健みたいにしちゃってんしゃい」

そう言うと成は待合の椅子に腰かけ、床屋の親父が私の髪を切るのをニヤニヤしながら見つめているのだった。中学まで坊主だった私は、高校から長髪が許されるので伸ばすだけ伸ばしていたのだが、その髪はどんどん短く切られていった。勝手に髪型を決められて面白くなかったが、高倉健は好きだったので、「ええい、どうにでもなれ」と思ったあと、私は目をつぶり散髪が終わるのを待ち続けた。

「はい。終わったよ」

床屋の親父が言うので恐る恐る目を開けると、まさしく髪型は高倉健になっていて、私は気に入った。

「おう。似合うやんか」

成が私の心の中を見透かすように言ったので少し照れ臭かったが、悪い気はしなかった。

「そうや?」

と言うと、

「次は学生服ば作らないかんのう」

と言うのだった。

そのころの朝鮮高校の不良は学生服上下を仕立てていて、博多方面の悪はみんな博多区の吉塚にある個人の仕立て屋さんに行って、裾の長い学生服とダブルタックの腿周りが広いズボンを作っていた。それに腹巻を巻くのが主流だった。その仕立て屋にも成が連れていってくれて、私は学生服をあつらえることになった。父には一万円かかると言って金をもらったが、本当は上下七千円くらいで仕上がった。

私はガクランの裾が長すぎるのを好まなかったので、膝上一〇センチくらいで作ってもらうことにした。ちゃんと仮縫いもした私のガクランは、十日ほどで仕上がった。新調した学生服にはタバコを入れる専用の内ポケットが作ってあり、袖口の小ボタンは三つにしてもらった。襟は市販のものより高めに作り、ズボンはダブルタックで「横須賀マンボ」と呼ばれていた。頭にそりこみを少しいれた高倉健ばりの髪型に、仕立ての学生服を着こなした私の姿には、もう中学時代の模範生の面影は残っていなかった。

高校に上がる春休みの間に、心も姿形も変身した私は、不良になることを決心したのだ。

成は言った。

「お前は筑肥線で来ようけん、一応先輩がおるバッテン、筑肥線ば責任持て。あれたち（日高生）になめられたらいかんぞ！」

「オウ、わかった。なめられんようにするけん」

と言うと、

「お前、高校に入ったらクラブはどげんするとや？」

と聞いてきた。

「うーん、俺はケンカも強くなりたいし、背も、もうちょっと伸びたいけん、空手部に入ろうと思っとう」

「お前、ケンカは俺が教えちゃるけん。空手はだめぞ。だめだめ。あれは背は伸びん。背が伸びるのはラグビーたい」

と言うのだった。

真剣に話す成の言葉に圧倒されて、私は迷うことなく返事をしてしまった。

「わかった。俺ラグビーに入ろ」

振り返ってみると、私はクラブの入部に関して、すべて人の言いなりになっている。ちなみにラグビーをやりとおした高校の三年間、背は一センチも伸びていない。

成イチローと金ニワカと安五郎による私の改造計画は、ここで完成を見たのだった。

Ⅳ 戦いの日々

高校生活の始まり

高校入学式の当日、みんなが驚く事件が三つあった。一つは中学時代まで髪を長く伸ばし三つ組みに束ねていた女の子たちが、髪をばっさりと切ってパーマをかけ色気づいてきて、チマ（スカート）が確実に長くなっていたこと。二つ目は私の悪への変身振りで、三つ目は成イチローが高校の入試に落ちていたことだった。

その当時の朝鮮学校は、一人でも多くの朝鮮人を就学させることが至上課題だったので、少々の悪でも退学になることはなかったのだが、成は、高校を落とされてしまったのだった。これは学校側が、成にほとほと手を焼いて講じた一手だと思えた。成は、一時進学をあきらめるところまで落ち込んだが、総連の仕事をしている親戚筋が手を回してくれて、追加試験を受けることで手打ちとなり、無事高校生になることができた。

不良に変わった私に対して、まじめなころの親友も、昔のように気安く声をかけてくるようになるまで相当の時間がかかった。高校から、また一緒になった北九州方面の親友たちは、特にビックリしていた。中一の時、一緒に漫談をした梁極天は、一生懸命意見してくれたし、中学時代、同じクラスだった女の子は、放課後、私をわざわざ呼び出して二時間くらい説教してくれもした。この女の子がそこまでしてくれたのは私のことが好きだからだと思って、別の日にこの子に告白しようと呼び出したら、「それはそれで、これはこれ」とあっさりふられてしまった。

高校一年生の担任の先生は、小柄で華奢な体つきをした男の先生で、早速、誰かが「サンダーバード」と命名した。私は一年二組に配置され、その組は鉄筋三階建ての校舎の最上階だった。

一階が三年生、二階が二年生、そして三階が一年生に振り分けられていて、それぞれ四クラスずつあった。三階の上が屋上で、ドアに鍵がかけられていなかったので、みんな自由に屋上に出ることができた。小高い山の上に建てられた学校のその屋上は、見晴らしがよくて、一服するにはもってこいの場所だった。ただ、小便をもよおした者が一階の便所まで降りていかずに階段の踊り場で用をたすために、尿のすえた臭いが立ち込める時が多々あった。この屋上は、学生同士の決闘場にも使われる場所だった。

高校には山口県からも、朝鮮中学校を卒業して通学してくる学生たちがいた。この下関方面の生徒たちとは高校に入って初めて知り合ったので、心が通うようになるまであまり口をきくことはなかった。そればかりか、誰が番長格で、誰が格下か格上かの見極め合戦が始まり出したのだ。

私の組に、顔だけ見ると本当に四十代に見える老けた生徒がいて、最初はこの男が下関方面の番長かなと思ったが、本物は崔ビョンジンといって別の組にいた。私は成イチローより老けた顔をしている同級生を初めて見て、世の中の広さに感動を覚えたほど、この男の顔は老けていた。

成、金ニワカに挑戦するものもなく、幸いに下関方面とは争いが起きないまま、言葉を交わすようになっていった。

その下関方面から通学してくる女の子の中で、誰が名づけたか知らないが「三日月ペッタン」と呼ばれる子がいた。なんでも顔の形が三日月のようで、胸がペッタンコだったのが、あだ名の由来らしかった。色気づいてきた私は彼女に好意を持っていて、ある日、階段ですれ違いざまに、

「俺と付き合ってくれ」

と告白したところ、その娘は少しためらったが、

「ウン。いいよ」

と、その場で返事をしてくれた。ベタ惚れしていたわけではなく、可愛かったので軽いつもりで申し込んだら、結果オーライだったのだ。

二、三日して、デートの申し込みをしたところ、驚く返事が返ってきた。

「私、やっぱり付き合うのやめる」

未練がましく言うのは嫌だったので、私も、

「おう、わかった」

と言ったのだが、なぜ自分が振られたのか合点がいかず、考えれば考えるほど、言葉とは逆に恋心が燃え上がっていく。気持ちを抑えきれずに、もう一度会って真意を聞いてみたら、その娘はとにかく付き合えないの一点張りで、話にもならなかった。初めて女の子に告白して見事に振られた私の恋は、一週間で終わってしまったのだ。女心は本当にわからないものだとつくづく思わされる出来事だった。

男子寮の不審火

ある春うららの日、退屈な授業を受けながら窓の外をぼんやり眺めていたら、

「火事だあー！　寮が火事だあー！　男の寮が燃えてるぞー！」

と大声で叫ぶ声がするので、授業を中断して中学校舎の裏の男子寮に急いで駆けつけると、二階建ての木造寮舎が、白い煙と黒い煙を交互に吐きながら燃えているのだった。私たちが現場に着いた時にはすでに遅く、二階の窓という窓から炎が噴出していて、隣の職員室がある建物の一部をおびやかしていた。

私たちは、寮の前にあった小さい池の水をバケツで汲みながら、必死で消火に走った。燃えている中に飛び込み、家財を取り出しにいく寮生もいたし、火事の中、金日成将軍の肖像画を持ち出した「熱誠分子」の学生はあとで表彰された。

とにかく私たちは消火に一生懸命で、真っ黒になりながら、どうにか火を消し止めたのだが、寮はほぼ全焼に近かった。

火事のあと数日して、先生たちは、火を放ち逃げる者がいたとか、消防車が遅れてきたのは差別だとか言っていたが、そのころには火事の原因がある先輩のタバコの火の不始末だということをみんな知っていた。

次の日から私たちは全焼した寮の後片付けに動員された。お金がない学校は、燃えた寮の後始末を解体業者に頼むことができないので、私たち学生を動員するのだった。私と成がラグビーのジャージ姿で燃えて焦げた柱を肩にかつぎながら運んでいる写真は、今アルバムの中でひっそりとこの事実を伝えている。

九州朝鮮高校（以下「朝高」）では、当番制で「夜警」という寝ずの番が課せられた。学生のタバコの火が原因で燃えた寮も、学校から言うと「敵の策動による不審火」ということになり、「夜警」をよりいっそう厳重にするようにとの指令が下った。

「夜警」とは、一晩に六人の学生が、二人ずつのペアを組んで夜の七時くらいから翌朝の七時くらいまで三交代で学校の番をするのだった。校門のそばにある警備室に集まり、当直の先生のもと点呼をしたあとに、一班が午前一時まで、二班が午前四時まで、そして三班が朝まで警備につくのだが、当然一班が楽だった。朝になると、また全員が警備室に集まり、先生の前で各班の責任者が「異常なし」と順次報告して夜警は終了するのだ。

高校一年の最初は少し楽しかったが、そのあとは迷惑な仕事だった。まず布団が汚くて話にならなかった。朝高生の全員がたらい回しに使用するその布団は、誰が洗ってくれるでもなく、汗と埃にまみれたうえに「インキンの病原菌」が巣くっているのだった。毛布も布団もゴワゴワしていて、至る所にシミがついていた。夏はまだ布団をかぶらずにすむが、冬はそういうわけにもいかず、みんなタイツをはいたまま寝るのが常だった。

夜警に入ると、一、二時間ごとに「巡回」に回るのだが、この巡回時間は一服タイムで、みんな懐中電灯を持ちながら校庭と校舎を一回りしてタバコを吸ったあと、警備室に戻ってくるのだ。気がきく先生は、警備室からタバコの火を見つけると、冬でも「おっ！　あんな所にホタルが飛びよう！」と言ってからかうのだった。

唯一の楽しみは夜食に出てくるラーメンで、特に冬場はこのラーメンを警備室のストーブの上で作って食べるのが待ち遠しかった。

「おい。キムチばまぜて食うたら、うまいやろなあ」

「食堂に行ったらキムチがあるっちゃないか？」

この会話は私たちだけではなく、たぶん夜警を経験したすべての朝高生が交わした会話だと思う。朝高には県外から来た学生の寮があり、彼らが利用する食堂が校舎の裏にあったのだ。この食堂に忍び込んでキムチを失敬することを「食堂やぶり」と呼んでいた。腹をすかしてどうにも我慢ができないものは、キムチばかりでなくご飯も失敬してくるのだった。特にカレーは人気があって、必ずと言っていいほど狙われていた。

沸騰した湯に固いソーメンのような麺を入れて、キムチをまぜて食べるこのラーメンは、本当においしかった。しかし、誰かが「このラーメンは油が多いけん、にきびに悪いらしいぜ」と言い出してから、それを気にしている一部の学生からは敬遠されるようになった。私は出汁だけ入れて、一緒に入っていたラー油は捨てていた。

この夜警の報酬は、食堂の朝飯だけだった。

伝説の大番長

高校生になって不良に変身した私に、何人かの友達が意見してくれたが、もう「熱誠者」に戻ることはできなかった。いくら頑張っても報われない「熱誠者」になるよりも、悪の道の方が楽しくて仕方なかったのだ。

学校に行くのに鞄も持たず、毎日二時間目からの授業参加で、成績はどんどん落ちていった。成績が落ちるというよりも、そもそも勉強をしに学校に通っていたわけじゃなかった。

そのころの朝高は福岡県下でも有数の番長学校で、折尾に通じる国鉄のローカル線にそれぞれの番長がおり、日高生に睨みをきかせていた。そういう体制がいつから始まったのか定かでないが、博多方面に限って言えば、三歳先輩で、伝説の大番長・松さんからなのは間違いない。

代々九州朝高の総番長は、その時代時代にいたが、私たちが見て聞いて知っている中で、松さんは番長中の番長だった。松さんは、自分の戦歴を自慢げに話すようなことはなかったが、中学生でナイトクラブの用心棒をしていたとか、一人で四、五人を叩きのめしたとか、やくざから正式にスカウトが来たとか、聞こえてくる話は、まさに伝説だった。

そんな松さんが、朝高二年生くらいの時にある事件で検察に告訴された結果、県外追放という処分を受け、やむを得ず神奈川の朝鮮高校に転校することになってしまった。その時私はまだ中学生で、まじめな日々を送っていたので、伝説だけしか知らなかった。松さんは、確か高校三年の卒業式の前までに九州朝高に戻ってきたと思うが、私が高校に進学した時は卒業していてもう学校にはいなかったので、口をきいたことがなかった。

その松さんの所に成イチローが私を連れていった。

松さんは、親の商売の土建屋さんをやっていたのだが、二十歳のころから土木現場で荒くれ人夫を使いこなす監督として仕事をしていた。成が、

「松さん、ピョンテギです。ほら、松さんの同級生にピョンスンジャておったでしょ。あの人の弟ですよ」

と言って松さんに紹介した。

松さんは、日焼けした顔にかけた薄茶色のサングラスの奥から、ギョロッと私を睨んだのだが、すぐに、

「あーあ、知っとる。知っとる」

と言ってくれたので、少しほっとした。

この日から私は、松さんの舎弟分のはしくれになった。

松さんの所には、金平団地生まれで日本学校に通っていた朝鮮・韓国籍の不良と私たち朝鮮学校の不良たちが集まっていて、常時三十人くらいの若者が出入りしていた。

松さんは、硬派で義理に厚く、実直で一本筋の通った人だった。私たちが遊びにいくと、必ず酒を飲ませてくれて、男の生きる道をさとしてくれた。私は松さんから、目上に対する喋り方、酒の飲み方、タバコの火のつけ方などを教わりながら、けじめをつけて生きていくことを学んだ気がする。これは学校では教えてくれない授業だった。確かにやくざ的だったけれども。

特に酒に関しては、酔っ払って気分が悪くなっても、人に知られないように便所で戻し、素知らぬ顔で、また飲み続けなければならないと教わり、私はそれを忠実に守ってきた。十五歳からそれをやってきたので、ただでさえ酒に強かった私は、もっと強くなり、一晩に一升瓶を飲み干すくらいになっていた。酒に関しては醜態をさらしたことはなく、人を介抱したことは数えきれない。私を介抱した経験があるのは、妻以外にいないと断言できる。

松さんは、みんなで酒を飲んでいると、決まって私にある歌を唄えと言った。特別歌がうまかったわけではないが、岡林信康が歌う「山谷ブルース」という曲がお気に入りで、その歌を知っているのが、私しかいなかったからだ。

「今日の仕事は辛かった。あとは焼酎をあおるだけ。どうせどうせ山谷のドヤ住まい。ほかにやることありゃしねぇ……」

松さんの家の二階でみんなで飲んでいる時、最初のころは、「兄弟仁義」、「網走番外地」が定番だったが、作者不詳の「練馬鑑別所ブルース」とか「九州女子高の歌」、「ホイホイ節」という歌もよく歌った。私は松さんに気に入ってもらおうと思い、たまたま知っていた「山谷ブルース」を歌ったところ、狙いが的中したのだった。

このころは、松さんが「行け」と言ったらドスを忍ばせて行かなければいけないという気分に浸っていた。

「ドスで刺したらのー、刺したままではいかんのんぞ。刺してから右にグイッと回したら、腹の中で内臓がメチャクチャに切れるけん。そげんして初めて刺した奴は死ぬんぞー」

と成が教えてくれたのも、このころだった。

高校一年の夏休みに、私は大阪に遊びにいくことにした。大阪で催されていた万国博覧会も見たかったし、オモニが大阪に住んでいて会いたくなったのだ。いざ明日出発という時に、成が電話してきて、

「お前、明日から松さんとこに行こうや」

と言うので、

「いや、行かれん。俺は明日から大阪に万博を見にいくっちゃけん」

「お前、今、松さんとこが人夫がおらんでつぶれるかわからんて言いよるのに、万博と松さんとどっちが大切なんか！」

と詰問してきた。万博と松さんのどっちが大切か、とまで言われると、返事は一つしかなかった。

「わかった。明日どこに行けばいいとや？」

と聞くと、何日分かの着替えを準備して、松さんの家に来いということになった。

あくる日、松さんの家に行くと、成と私ともう一人いて、三人で仕事を手伝うことになったのだが、松さんの六畳ばかりの部屋で一緒に寝泊まりすることになった。

日雇い労働者の朝は早い。現場は福岡市から少し離れた、新造住宅地の擁壁を作る仕事と、市内の東区を流れる多々良川という、わりと大きな河川の堤防を築く仕事だったが、暑くてきつかった。私の上腕筋はみるみる大きくなっていったが、ラグビーで毎日鍛えていなかったら、三日ともたなかったと思う。初めのうちは三、四〇キロほどのコンクリート塊を運ぶ時よろけていたが、コツを覚えると少し楽になった。体が慣れるまでは、飯が喉を通らないこともあった。

大雨が降った次の日、多々良川の現場で作業をしていて、コンクリートブロックをやっとの思いで指定の場所に運び放り投げたところ、そこから蛇がにゅっと飛び出してきた。ビックリして思わず「うわっ、蛇や！」と大声で叫んだあと、つい面白くなってコンクリートブロックの隙間に逃げ込む蛇の尻尾を摑んで引っ張り出そうとしたのだが、思いのほか蛇の突っ張る力が強くて逃げられてしまった。その蛇を反対側に回って探していて、そこにあった大きい石を転がした瞬間、私は腰が抜けるくらい驚いてしまった。四、五十匹の蛇がそこにいて、そのうちの一匹は鎌首をもたげながら口を一杯に広げ、今にも私に飛びかからんばかりに身構えたのだった。

思わず後ずさりした瞬間、そこにいた蛇の全部がスルスルと草葉を抜け、川に飛び込んでいった。川を見ると、工事現場の堤防のあっちこっちから巣を追われた蛇が川上に向かって泳いでいくのが見えた。蛇たちにとても悪いことをしたような気分になってしまい、祟りがないように心の中で真剣に祈ったものだ。

仕事が終わると風呂に行き、飯を食いながら酒を飲ませてもらった。短い間だったが、松さんと寝食をともにし、男を鍛えてもらった。

二十日ほど働いたあと、私は松さんにどうしても大阪に行きたいという旨を話し、了承してもらった。

最後の夜を過ごし、置き去りにする成には少し悪い気もしたが、私は松さんの部屋を後にした。松さんはちゃんと働いた分の賃金を渡してくれた。

後で聞いた話だが、この時、松さんの仕事は忙しくて、確かに労務者が足りなかったのは事実だが、成が言うように、つぶれるかもしれないという状況では絶対になかったことを付け加えておく。

集団暴行事件Ⅰ

昭和四十四（一九六九）年、高校一年の夏だった。

悪もしっかり身について、通学する筑肥線では「大山さん」と呼ばれ、日高生の間でも少しずつ一目置かれるようになっていた。博多駅より三つ手前の小笹駅から電車に乗るのだが、座席が空いていなくても、日高生に目配りすれば、彼らは何も言わずに席を空けてくれた。顔なじみになった日高生は、私を見ると「おはようございます」と挨拶をしてくるほどになった。

ある日、いつものように帰りの電車に乗ると、どこかで見たことがある女の人が、今にも生まれそうな大きなお腹を抱えて、きつそうに立っていた。よく見ると、小学校時代の国語の先生の奥さんで、同級生の姉さんでもあった。出産のため佐賀に里帰りする最中だった。電車の中を見ると座席は空いておらず、大きなお腹を抱えたまま、佐賀までの約一時間を立ちっぱなしで過ごさなければならない状況だったのだ。

「おう。お前らどけ！」

四人席に座っていた日高生に私が言うと、彼らは何も言わずに席を空けたので、「アジュモニ、こっちどうぞ」と、座席に案内した。アジュモニが本当に嬉しそうに微笑んで席に着いたので、私も嬉しかった。アジュモニと一緒によもやま話をしているうちに自分の下車駅に着いたので、軽く頭を下げたあと電車を降りて別れたのだが、よほど嬉しかったらしく、今でも会うたびに「あの時はありがとう」と言ってくれる。

二学期に入って数日後のある日、普段目をかけていたD高の生徒が、私と一緒の電車に乗り込んだ。雑談を交わしていたところ、自分の学校がある下車駅で降りずにそのまま乗り過ごすので、

「お前の学校はさっきの駅で降りないかんのに、どこに行くとや?」

と聞いてみた。彼は、

「いや。ちょっと用事があって……」

と言葉を濁したが、私は気にもとめなかった。

折尾駅に着いた私と成イチロー、安五郎、安の兄、金新羅の五人は、改札口を出たあと、首を傾げた。誰かが、「今日はえらい日高生が多いねえ」と言うので駅前の広場を見ると、確かに普段より日高生が多くたむろしていて、心なしか私たちをジロジロ見ている気がした。それでも気にかけず、学校の方に向かって歩いていると、道筋にあるバスセンターの待合のベンチに、安の兄が知っている日高生の不良が座っていたので、安の兄が、

「お前が何でここにおるんか?」

と聞くと、

「俺がどこにおろうが勝手たい」

と切り返してきた。これは考えられない返事だった。今まで彼らは朝校生に対しては敬語で返事するのが当たり前だったのに、この日は露骨に反発してきたのだった。安の兄は、

「きさま、誰に口ききよんか」

と言うなり相手を殴ったのだが、何と相手が殴り返してきたのだった。これも考えも及ばないことで、朝校生にケンカを売るということは、当時の状況では、一般人がやくざにケンカを売るのと同じくらいの出来事と言えるからだ。

バスセンターはいきなり乱闘場になり、血しぶきが飛び交った。私もケンカに参加したが、やりあっている間に、一発右のホッぺに食らわされた。相手の三人の日高生は、隙を見て折尾駅の方に走って逃げていったので後を追いかけたが、逃げ足が速く途中で見失ってしまった。

ふと我に返ってみると、開襟シャツが相手の鼻血を浴びて赤く染まっていた。私は何をトチ狂ったのか、いつも行っている食堂に入り、「おいちゃん、ちょっと血を拭かしてね」と言いながら、迷惑そうに見つめる食堂のオヤジを無視して、シャツを水でゴシゴシこすったが、血は全然取れなかった。諦めて店を出、みんなと落ち合おうとしたが、何か嫌な予感が働いて、来た道を帰らずに、裏道を通ってバスセンターに通じる大通りに出た。その大通りは幅一五メートルくらいの二車線道路で、左にすぐ国鉄の踏切があり、右側に二〇メートルくらい行くとバスセンターがある。

その道路のほぼ中央に来た時、左の方から、「ピョンテギ、ピョンテギ」と細い声で誰かが呼んでいる。見てみると、先ほどの四人と先生一人が、踏み切りの向こうにあるガードの陰から手招きして私を呼んでいた。

状況がわからなくて、いったんその方向に一、二歩踏み出した時、彼らが反対方向を指差すので振り向いて見ると、いつも私たちが通る道路の横断歩道の上を、日高生の隊列が切れ目なく、朝高に向かって進んでいるのだった。

その隊列を見た瞬間、その中の誰かが私を見て指差し、

「あいつ、朝校生やないか！」

と叫んだ。と同時に、隊列の塊が九〇度方向転換して、私の方に向かって進軍してくるのだ。

この時、誰も褒めてくれないから自分で言うが、私は一歩も逃げずに彼らに向かっていったのだった。一人で大勢の敵に向かっていく高倉健さんに自分をダブらせる暇もなく、私は一瞬で四、五十人の日高生に取り巻かれてしまった。

「お前、朝校生やろ！」

「おう。だけんなんか！」

「そのシャツの血はなんか！」

「俺の血たい！」

「嘘つけ！」

この声のあとは、取り囲んだ日高生の怒号で何を言っているのかわからなくなった。

そのうち誰かが私の胸倉を摑んで引きずろうとしたので右フックを浴びせたところ、その手を摑まれ引きずり倒されてしまった。腹ばいになって倒れた私の体中を、彼らは蹴りたくった。三分間なのか五分間なのか、どれくらいの間、腹ばいのまま蹴り続けられたのかわからないが、上からかかってくる重圧はとても重くて、立ち上がることはできなかった。もう痛みも何も感じられなくなった時に、突然誰かが日高生たちを払いのけ、私を引き起こしてくれた。ぼんやりした意識の中で、その人が体格のよい、柔道着を着た人というのがわかった。

気がつくと病院に運ばれていた。治療を受けたが、全治一週間くらいの打撲症を受けていた。私を助けた人は折尾警察署の現職の警官たちで、柔道の稽古中に市民から乱闘の電話が入り、そのまま現場に駆けつけてくれたのだった。

治療室では相手の日高生も数人治療を受けていて、私とガンを飛ばしあっていた。私は治療後、調書を取られることもなく無罪放免になったので、その足で学校に行った。

この事件の発端は、ラグビー部のある先輩が、通学途中の電車の中で、バックル部分が鰐《わに》の頭でできている革バンドをした日高生を見つけ、何やらインネンをふっかけたことに対する復讐戦だったことが後でわかった。しかし、そのベルトの件はきっかけを作っただけで、いつも朝校生に抑え込まれていた彼らが、計画的に「朝高つぶし」をたくらみ、二百人くらいが殴り込んできたのだった。

この日高生の殴り込みは、東京での「朝鮮人・朝高生狩り」に、多分に影響されていたと思う。朝鮮高校は日本全国に、東北、東京、神奈川、愛知、神戸、京都、大阪、広島、そして九州朝高の九校があったと記憶しているが、当時、関東の朝高生が日高生から集団暴行を受ける事件が頻発していたのだ。特に、東京では十条にある朝校の生徒たちが、山手線の駅のホームなどでこっぴどくやられていたので、私たちを襲った日高生たちも、「俺たちでも朝高をやれる」という気持ちが高ぶっていったのではないだろうか。

私たちは私たちで、九州朝高だけは日高生にやられてなるものかと思っており、ここで一歩引けば東京朝校の二の舞になるという危機感が、日ごとに増していくのだった。

現に集団で殴り込んできた日高生は二百人ほどもいて、「朝高をつぶせ！」と叫びながら学校に向かっていたのだった。その途中に私を見つけ、蹴りたくったのだ。でも、私が蹴りたくられたおかげで、彼らも朝高生も朝高のグラウンドで全面戦争になるのを避けられたし、日高生たちも朝高生を一人やっつけたということで面子が立ち、引き上げられたと思う。

この事件は「西日本新聞」の七月十七日の夕刊の隅に掲載されたが、事実と記事の内容が違った。私が集団暴行を受けた事実は無視されたうえ、ケンカの原因は朝高生で、朝高生が一方的に殴った事件に仕立てられていることに憤慨した。あの日、二百人近い日高生が、福岡県のあちこちから折尾駅に集結し、計画的に殴り込んできたのは、紛れもない事実なのだ。

このD高校の事件は、日高生の間にある種の自信を植え付けたのか、その年の秋に新飯塚駅前で、筑豊地区の日高生一八〇人近くが、短刀とか鉄棒を準備して朝高生七人を待ち伏せする事件も起きた。幸いこの時は、事前に察知した警察の出動により朝高生に被害者が出ず、集団暴行事件にはならなかったが、私たちの周囲は「やるか、やられるか」という緊張感が高まっていった。

この事件も新聞に載った。日高生が準備した凶器は話題にもならず、ケンカの原因がどうであれ、七対一八〇の決闘などあるものかと思った。一連の新聞記事を見て、「あーあ、新聞記事もあてにならんなあー」と思わざるをえなかった。新聞記事の根拠は警察発表で、新聞記者はその裏づけを取ることもせず書いてしまうおかげで、朝高生はいつも極悪非道の悪者で書かれるのだった。

当時の朝高の不良たちの中に、日高生たちにガンをつけ抑え込み、恐喝する者がいたのも事実だが、そうしなければ、逆に朝高生全体が日高生から抑え込まれ、「朝鮮人」と馬鹿にされた挙句、関東の朝高のように集団暴行を受け、殴られて恐喝されるようなことが起きていたに違いない。

集団暴行事件Ⅱ

博多駅前から十分くらい歩くと祇園町という所があって、そこに私たちご指定のビリヤード場があった。一時、みんなビリヤードにはまってしまい、ここに行けば必ず誰かが四つ玉を突いていて、学校の帰りに寄るのが恒例になっていた。

私たちが博多駅の地下街を歩くと、対面から歩いてくる人たちは、学生であれ社会人であれ、道をあけて体が触れないように気を配り、目が合わないようにして避けてすれ違うのがよくわかった。私たちは、博多駅地下街は「俺たちの縄張り」、という気分で闊歩していた。

地下街の本屋の横にあるトイレは、もめごとによく使われた場所で、通路でやれないケンカをする時は、そのトイレに連れ込むのだった。

ある日、地下街を一人で歩いていたら、偶然そのトイレの近所で私の呼び出しから逃げ回っている日高生を見つけたので、有無を言わさず連れ込んで殴ってしまったことがあった。その数日前に、成イチローがほかの者との会話の中で、日高生から警察にタレ込まれた話題になった時、「お前、それは中半端にくらす（殴る）けんたい。くらす時はのー、中途半端にくらしたらいかん。かえってなめられるけん、徹底的にくらさないかんぞ」と教えていたのを思い出し、私はこの日、根性を決めて殴ることにした。

「お前、俺が呼んだらすぐこんでから。なめとっちゃないか、キサマ」

と言うが早いか、ボコボコと殴り始めた。相手は二人いたが、一人は右足で蹴るとトイレの中に倒れて、正面の相手を殴り出したら、その間に逃げ出してしまった。私は成の教えを守り、なめられないために残った一人を徹底的に殴ったが、決して後味のいいものではなかった。

そんな博多駅地下街の事情を知らない人は、とんでもない目に遭うのだ。

その日も、いつものメンバーで地下街に通じる階段を降りていた。明らかにどこかの大学の応援団と思しき学生と私の肩が触れ合った。そのまま過ごそうとする大学生を、後ろから歩いてくる成らが許すはずがなく、その大学生が地下街の床に大の字になって泡をふいて失神するまで、一分とはかからなかった。

このころ、私たちのメンバー、または先輩・後輩の誰かが、駅のホームで、地下街の便所か通路で、ないしは電車の中か下車駅で、常に日高生ともめて相手を殴っていた。

高校二年生になって一学期が始まったばかりの時、福岡市内の日高生たちが団結して、朝高をつぶすため、ケンカを仕掛けてくるとの情報が入った。

そして、その数日後のこと。博多駅の地下街を歩いていた成イチローと田先輩、成カエルが、偶然その噂の中心にいる日高生たちを見つけ、便所に連れ込んで殴った。すると、日高生たちは隙を見て便所から逃げ出し、追いかける成たちに向かって、商店に陳列してある化粧品を投げつけたり、うどん屋さんの看板を投げたりして抵抗し、地下街が騒然となる事件が起きた。

結局、彼らは逃げきったのだが、事はそれで終わらなかった。

成と田先輩は彼らの復讐を予感して、あくる日の博多駅到着時間をいつもより遅めにずらして学校に行くことにした。そんなことを露とも知らず、私はあくる日、いつものように遅刻して朝九時過ぎに博多駅のホームに降り立った。唐津方面から博多駅に着く筑肥線は、一番、二番ホームに停車するのだが、ホームに降りた瞬間、何かはわからないが殺伐とした雰囲気が感じられた。

「血の臭いがする」

そう思ってあたりを見回したが、何も異常を発見できず、そのまま一人で学校に向かった。学校に着くなり先生が、

「オーッ、ピョンテギ。無事やったか！」

と言うので何事かと聞くと、まだ詳細はわからないが、ラグビー部の先輩と同級生の成カエルの二人が、登校途中に博多駅で日高生から集団暴行を受け、病院に運ばれたとのことだった。すぐに、成イチロー、安五郎、金ニワカと一緒にトンボ帰りして、二人が運ばれた病院に急行した。先輩は頭の左側が一〇センチほど縦に切れていて、角材で殴られたのがすぐにわかった。同級生の成カエルの顔は、まぶたをはじめとして全体が鼻の高さまで腫れていて、見るも無残だった。意識はあり、命にも別状はないということで一安心したが、二人とも全治三か月くらいの重症で、私たちにとって許すことのできない大事件だった。

見舞いを終えて病室を出た時、みんな無言だったが、何を考えているのかお互いにわかっていた。思いは一つ……。このままでは終わらせない。

あくる日、事件の成り行きがはっきりした。先輩と成カエルは、たまたま通常の登校時間に博多駅に到着したが、八時十分の快速に乗らず、一番ホームに私と成イチロー、田先輩がいな

いかと探しにきたところを、待ち伏せしていた福岡市内の日高生約五十人くらいに取り囲まれ、暴行を受けたのだった。

日高生たちは、手に手に角材、チェーン、ヌンチャク、鉄棒などを持ち、一番ホームに待ち伏せしていて、二人を見るなり飛びかかっていったのだ。一人はホームの階段を下りる途中で捕まり、もう一人は、ホームを飛び降りて線路伝いに逃げようとしたのだが追いつかれ、暴行を受けたのだった。通勤・通学でごった返す一番・二番ホームは修羅場と化し、二人が意識を失い救急車で運ばれる大事件だった。それなのに、新聞報道されないばかりか、この事件に関与した日高生で警察に捕まった者もおらず、私たちは我慢できなかった。

博多駅の一番ホームで待ち伏せしていたということは、筑肥線を利用している私と成イチローと田先輩を狙っていたものと思われ、戦慄が走った。私がメインで狙われたわけではないが、もしその日、遅刻をせずにあの時間に博多駅に着いていたら、間違いなくやられていただろう。

博多駅の事件の次の日、工務店に行って、刃の長さが一五センチくらいの切り出しナイフを二本買ってきて、一本を私が持ち、もう一本を田先輩に渡し、一緒に歩く時は常に田先輩の後ろを歩きながら背後に気を配った。

そして、私たちの犯人探しが始まった。集団暴行を受けた先輩と成カエルは金平団地に住んでいて、そこには日本学校に通っている在日が数人いたが、彼らから犯人の情報は意外と早く聞くことができた。

私たちは博多駅地下街の便所で、通学列車の中と駅のホームで、事件に関連した日高生を見つけては報復していった。

そのうち、今回の襲撃事件の中心人物が割れたので、みんなで殴り込みにいくことになった。私、成イチロー、安五郎、田先輩、金ニワカと金新羅、そしてもう一人いた。

無免許の金新羅が調達した車に乗り込んだ私たちは、夜の八時過ぎぐらいに相手の自宅前に到着した。私ともう一人が相手を誘い出す役割を担った。

相手の家は門扉から玄関まで三メートルほどの所に横開きの玄関がある日本家屋だったが、わりといい家に住んでいるなあと思った。玄関をガラガラと開けて、

「こんばんわー、〇〇君いますかあ」

と言うと、母親が出てきて、少しいぶかしげな顔をしながら、

「ちょっと待ってね」

と言い、二階に向かって本人を呼んだ。一、二分で目指す相手が玄関口に出てきた。初めて見る私に向かって、

「あんた誰ね?」

と聞くので、とにかく外に連れ出さなければならない私は下手に出て、

「夜遅うすみませんが、ちょっとここで話しにくいので、外に出てもらえませんか」

と言うと、

「うーん？」

と少し唸ったが、すぐに靴を履き始めた。私は先導するかたちで仲間が待っているほうに歩いていった。

「どこまで行くとや？」

と後ろから少し横柄に聞いてきたのがしゃくだったが、

「あー、すぐそこです」

と、下出にものを言った。

家を出て角を右に曲がった途端、相手は驚きと恐怖のあまり立ちすくんだ。

仲間の誰かが、

「お前か？　○○と言うのは？」

と言うと、ハイともいいえとも言わず、下を向いておびえていた。

誰かが殴ったのが始めの合図となり、私たちは相手を殴って蹴りを入れた。ボコボコにされるうちに相手はしゃがみ込み、体育座りのような格好をとった。その時、成が相手の髪を摑み、顔を上げさせて右手に持っているものを見せながら、

「お前、これがなんか知っとるやろ。これでお前ば殺しちゃる」

と言うのでよく見てみたら、それは白い鞘に収まったドスだったのだ。

「ヒィーッ」

声にならない叫び声を上げ、顔を腕で隠し、下を向いてしゃがみ込んだその時、間髪を入れずに、

「死ね!」

と言って、成が相手の背中にドスを突き立てたのだった。ドスが背中に当たる、ドンという音とともに、

「ギャァー」

というものすごい悲鳴が夜の住宅街に響き渡った。

成がドスを持ってきているのを知らなかった私はビックリしたが、相手の断末魔の悲鳴には、みんながみんなビックリしたようだった。

「あー、やってしもうた」

集団暴行事件の復讐劇が殺人事件になってしまった。

しかし、相手の背中から血が出ていない。不思議に思って成を見ると、成が中身を抜かずに鞘のまま背中に突き立てたことがわかったので、ほっとした。だが相手は本当に刺されたと思っているようだった。顔を隠してうずくまったまま、うんともすんとも言わずに、体は小刻みに震えているばかりだった。もう私たちは手出ししなかった。

その時、成の後ろ三〇メートルくらい離れた街灯の下を、青い服を着て自転車に乗り、こちらに向かってくる人間を発見したので、

「警察や！　警察が来た！」

と思わず叫んだ。私の声とみんながその方角を見て一目散に車に戻ったのはほとんど同時で、車は急発進して現場を去った。帰りの車の中では、みな無言だった。金新羅が各自の家の近くまで送って車から降ろし、散会した。私はそのあと数日間、この復讐劇が、また警察沙汰になるものと心配していたが、何も起こらなかった。

こうして博多駅ホームでの朝高生への集団暴行事件に対する復讐は終わりを遂げた。これが、私が目撃した成イチローによる殺人未遂事件だ。

私たちが学校の外で日高生とやりあっていたころ、学校が「熱誠者」の学生たちだけを集めたうえ居残りさせて、週に二、三回講堂で空手の練習をするようになった。日高生からの集団暴行に対し、自分の身は自分で守れとのことなのか。それならば全校生徒に空手を習わせればよいものを、「熱誠者」だけに行う「秘密特訓」のようにも思えた。

「ひょっとして、あれたちば鍛えて俺たちに対抗させようと思うとっちゃないか？」

と誰かが言った。私は、もしそれが本当なら、「学校も汚いことするなあ－。先生で抑えがきかんけん、学生同士ばぶつけろうとするんか？」と感じたが、なるほどそう思えなくもなかった。

後で聞くと、この「秘密特訓」は総連の偉いところからの命令で、全国の朝高で一斉に行われたとのことだった。その趣旨は今も知らないし、知りたくもない。その特訓に参加した女の子が、夫婦喧嘩の最中に、覚えた空手でダンナを痛めつけることがないように祈るだけだ。

先輩と成カエルに対する復讐も終わり、一段落すると、田先輩は「こんなもんいらん」とナイフを返してきた。

地獄のラグビー部合宿

高校一年から成イチローに半分だまされて入部したラグビー部だったが、一番古い木造の中級部校舎の二階に上がる階段の下に造られた部室は、ジメジメしたL型の六畳くらいの物置を改造しただけの、本当に汚い部屋だった。昼なお暗いこの部室には、先生でさえ勝手に入ることができなかった。というよりも、避けて通っていたと思う。

このラグビー部室の壁一面に掛けられた、汗と泥がしみついたジャージとランパン（ランニングパンツ）からはすえた臭いが漂い、カビの匂いも混じっていた。大きめのモグラの死骸のように、床にゴロゴロ転がっているスパイクの中で、何年も使いこなされたラグビーボールだけが存在を誇示していた。先生への給料支払いさえ何か月も滞る学校に、部活のユニフォームを買う金などあるはずがなかったのだ。

このラグビーボールを昼休みの時間を利用して磨くのが、一年生の担当だった。私たち新入部員は、昼飯を流し込むと急いで部室に集まり、各自ボールを磨くのが日課だった。ラグビーボールは、今ではグリースを使って磨くのだろうが、朝高では新入部員のつばで磨かれるのだった。ボールの表面につばを吐きかけそこを乾いた布でこすると、つやが出てきてきれいになるのだ。「顔が映るくらいきれいに磨け！」が先輩たちの口ぐせだったが、このやり方とその言葉は、きっとラグビー部創設以来のものだろう。

私はバックスのハーフというポジションを任せられたのだが、このポジションはフォワードとバックスを繋ぐ重要な位置で、バックスの主役のスタンドオフとは夫婦のような間柄になれと教えられた。

当然一年は補欠で、ハーフとして試合に出られるようになったのは二年からだが、その練習はハーフ特有のものだった。中腰になり、ボールを両手で手まりのようにグランドに叩きつけながら運動場を一周するのだ。見た目が地味で、あまり好きではなかったけど、足が遅い私は、このポジションに文句が言えなかった。

一年生の時の練習は、とにかくきつかった。すり傷、生傷は日常茶飯で、スライディングの練習でできるすり傷の大きさで、その怪我を「ハンバーグ」とか「コロッケ」と呼んでいた。

朝高のグラウンドは山を切り開いて造っただけの広場みたいなものだから、雨が降ると水がたまり、日照りが続くとコンクリートのように固くなる。スライディングの練習をすると、必ず太ももにすり傷ができて、その傷の上にやっとかさぶたができて治りかけた時に、先輩たちは知ってか知らずか、またスライディングの練習をさせるのだった。「ハンバーグ」は「ステーキ」になって、傷が治っても、その跡は入れ墨のように皮膚に食い込み、取れなくなるのだった。

練習試合中に脳震盪を起こし、起き上がれない者には、「魔法の水」がかけられる。やかんに入ったただの水だが、これをかけられて起き上がらない者はいなかった。

ある日の練習試合中に、ウイングの同級生がタックルを受けたあと、うずくまり起き上がらないのでやかんの水をかけたが、本人は肩を押さえて呻きっぱなしだった。指導の先生が、「大丈夫だ。少し休んでいろ」と言うので日陰に入っていたが、辛抱たまらず病院に行ったところ、鎖骨複雑骨折だと判明した。以後、この先生の診断は誰も信じなくなった。

一年生には、定められた練習用のジャージがなく早い者勝ちだから、当然遅く部室に入った者は、手で触わるのも嫌気がさすような、臭くて破れかぶれのものを着て練習に出るしかなかった。その姿は、目も当てられないものだった。あまり汚いのでタイツで出ると、「きさま！なんかそれは！　ジャージに着替えてこい！」と、スパイクでけつを蹴られるのだった。

そして恐ろしい夏の合宿が始まった。

以前、あまりの練習のきつさに耐えかねてボールを隠した者がいるとか（これは事実だが、犯人は見つかっていない。一説にはラグビー部に恨みがある第三者の犯行との説も……）、高三の先輩が密かに練習の後に食べようと隠しておいたアイスボンボンがなくなったことがあり、怒ったその先輩が後輩全員を半殺しの目に遭わせたとかいう怖い話などで脅されて、合宿が始まる前から一年生は戦々恐々の状態だった。

練習が始まった一日目は、部員の半分が吐きまくるので、運動場の隅の所々にゲロが散らばっていた。私たちは練習とは別に、先輩から殴られないように気を遣い、二重三重にきつい毎日が続いていた。

ある日、練習が終わってキャプテンが部室の前の水飲み場にみんなを集め、

「おい、一年、二年はみんなそこに並べ」

と言うので、「あー、来るべき時が来た」と内心思った。部室の入り口のほうからフォワードの面々が立ち、その次にバックスの私たちが並んで立ったのだが、キャプテンは右手にタオルを巻きながら、

「お前たちは口で言うても、わからんごとあるなあ」

と言うと、一番端に立っていた二年生の先輩から一人ずつ右フックをお見舞いしていくのだった。

ボクッ。ウゲェ。

殴られる時の鈍い音とともに、殴られた者のうめき声が右から順番に近づいてくる。私から右四人目くらいの先輩が殴られた時は、血が飛び散り、その先輩は倒れてしまった。それでもキャプテンは顔色一つ変えずに殴り続け、いよいよ私の番がやってきた。私は思わず目をつむり、歯を食いしばった。その瞬間、左の頬に衝撃が走った。が、覚悟していたよりやさしかっ

たので、ほっとした。全員を殴り終えたあと、「キサンタチャァ、気合入れんか！」のキャプテンの一言で、この惨劇は終わりを告げた。だが、ラグビー部で殴られたのは、これが最初で最後だった。

そのころ、日本全国の朝高のうち、ラグビーがあるのは九州朝高だけで、ほかの朝高はサッカーの方が主流だった。もちろん九州朝高にもサッカー部はあったが、運動場ではラグビー部のほうが幅を利かせていた。運動場の半分ずつでラグビーとサッカー部が練習をするのだが、私たちがサッカー部の領域に乗り込んでいくのは当然だが、サッカー部が私たちの領域にボールでも蹴り込んだ時には、ラグビー部の先輩から罵声を浴びるのだった。

ラグビー部のキャプテンには、大抵博多方面の者がなるのが伝統で、学校の悪のほとんどがラグビー部に入っており、その中に学年番長もいたから、そうなるのは当然の結果だった。ラグビー部を創設した先生は、全源治と言った。日本選抜に選ばれるほどの実力の持ち主だったのに、「朝鮮籍」ということで外された人で、今でも日本のラグビー協会で有名な人だ。全先生は日本学校卒業だったが、総連の民族、歴史を教える学院に入学した時に覚醒し、朝鮮学校の体育の先生になる決心をして、九州朝高に赴任したと聞いている。

「スクール・ウォーズ」というテレビドラマは、とんでもない不良学校に赴任した先生が、ラグビー部を創設し、その不良たちを集めて、やがて全国大会に出場するという物語だが、全先生は、全国大会出場以外は一昔前にそれをやり遂げたのだ。

私は中学の一、二年の間、体育を直接教えてもらったが、とにかく豪気な先生で、朝高のどんな悪でも歯向かうことはできなかった。

この先生が九州朝高から東京の朝鮮大学に転任し、大学でラグビー部を作ったことにより、大学の教え子たちが全国の朝鮮高校に先生として赴任しラグビー部を作っていった。今、大阪の朝高が花園の全国大会に出場できるようになったのも、この全先生から始まったことで、全先生こそが在日朝鮮人のラグビーのルーツなのだ。

全先生が朝鮮大学に赴任した二年後に私はラグビー部に入ったのだが、そのころの朝高ラグビー部は対戦相手がいなくて、来る日も来る日も練習だけの毎日で嫌気がさすほどだった。とにかく、試合相手が決まらないのだ。そんな中で雨の日の練習試合は別だった。二手に分かれて泥だらけになりながらの練習試合は、決まりきったメニューをこなす練習より楽だったし、数倍楽しかった。

たまにあった試合は、大学生か社会人クラブが相手で、年間に二、三回だった。私が卒業するまでの間で高校生との試合は、福岡東が一回、八幡高校と二回、九州工業高校と二回の五試合だけだった。日高のラグビー部員にとっては、いい迷惑だったのではないだろうか。ただでさえ悪名を売っている朝鮮高校との試合で、ラグビーの場合は、タックルがあり、ハンドオフがありで、当たってなんぼなのだから。

福岡東との試合は惜しいところで負けたが、私にとっては初試合で初トライを達成した思い出深い試合だった。八幡高校とは二戦して一勝一敗の戦績だと記憶している。

九工との試合で、ある先輩がとうとうやってしまった。相手のタックルにあった先輩が、試合が終わったあとで、その学生を呼び出して殴ってしまったのだ。それ以後、高校生との試合の話は来なくなってしまった。

不死身の体育教師

高校二年から新任の体育教師がラグビー部の部長になった。先生は九州朝高の卒業生で朝高時代ラグビー部に所属し、朝鮮大学の体育科を卒業したあと、母校に教師として戻ってきたのだった。身長は一八〇センチくらいあり、がっしりした体で、底抜けに明るい先生だった。

ある日の体育授業の時、雨が降ったため室内で保健体育の講義をするというので、男子と女子に別れ教室で待機していると、先生がタイツ姿で入ってきた。

入ってくるなり先生は黒板一面に、3の字を横向きにした「3」のような図を描いて振り返り、

「これが何かわかる者は答えろ」

と言うのだった。最初、みんなはキョトンとして先生が何を言いたいのかわからずにいた。

そのうちガヤガヤし出して収拾がつかないので、先生は二、三人指名したが、誰も答えること

ができなかった。

「みんな！　静かに！」

と言うと、先生は片手にチョークを持って、黒板に書いた「3」の真ん中の窪んだ所を指差し、

「いいかみんな！　よーく聞けよ。便はここから出る！」

と言って「3」の窪んだ所をチョークでグリグリほじくるように白く塗りつぶしたのだった。

ゲラゲラ。ワッハハハ。

みんな腹を抱えて笑い出したら、予想以上に受けたのか、言った先生が顔を赤らめて、グフフと含み笑いしながら、

「みんなちゃんと聞け！」

と言うのだった。

「いいか、お前たち。お前たちはここから毎日糞を出しているのだが、この肛門の周りは細菌でメチャクチャに汚れているのを知っているか？　この前便所に行った時に見たんだが、お前たちの中にウンコをしたあと、手を洗わずに出ていった者がいた」

と、笑いをこらえながら真面目な顔で言うので、また私たちはたまらず大笑いした。黒板の「3」を消した先生は、今度は大きい○を黒板に書いて、

「これが何かわかるか？」

と聞く。もう、まともな授業じゃないことを悟った私たちは、

「先生。それは大きい丸です」

とか、答えにならない答えを口々に言うので、爆笑に次ぐ爆笑の渦になってしまった。

「お前たちは馬鹿か？　これは細菌から見たお前たちの皮膚の穴なのだ。お前たちの皮膚にはいろいろな穴があって、それは細菌から見たらこんなに大きい穴なので、楽々とお前たちの体の中に入ることができるのだぞ！　だからお前たち、便所に入ったら手をちゃんと洗って、風呂にもちゃんと入らなければ駄目だぞ！　わかったか？　ではこれで保健体育の授業を終わる」

と言い残し、黒板に丸い円を残したままサッサと職員室に戻っていった。私が朝高で受けた授業で唯一頭に残っている授業は、こうして終わった。

一学期が終わり二学期が始まったのに、この先生が学校に来なくなったので、みんなが心配（？）していた。ラグビーの指導先生でもあったので、特に私たちは気をもむ毎日を送っていたら、何でも夏休みのある日、酒を飲み、無免許でバイクを運転したうえ、事故を起こして入院しているらしい、という噂が流れてきた。

「プッ」

私たちは思わず笑ってしまった。

「あの先生ならやりかねない！」

入院している病院もわからず、とにかく治るまで待つしかない私たちは、黙々と日々練習に励むしかなかった。そんなある日の午後、誰かが、

「おーい。先生が来るぞ」

と叫ぶので肛門に、いや失礼、校門に駆け寄ると、上半身にギプスがはめられ、前歯が何本も折れて、打撲で腫れが引かずに顔全体がむくんでいる先生が現れたのだった。

「先生、大丈夫ですか？　みんな心配したですよ」

「オーッ。すまん、すまん。チョット若戸大橋から落ちてからくさ」

「エーッ？　若戸大橋いーッ！」

私たちは口をそろえて聞き返した。若戸大橋は、北九州の若松地区と戸畑地区を結ぶために造られた洞海湾をまたぐ大きな橋で、自殺の名所でもあった。その橋の一番高い所は海面から五〇メートル以上離れていて、そこから落ちて助かった者の話など聞いたことがなかった。

聞くところによると、夏休みのある日、酒に酔った先生は無免許なのに友達のバイクを借りて運転し、若松の自宅に帰る途中、若戸大橋の上でハンドル操作を誤り、バイクごと海に転落したというのだった。事件が事件だけに、それ以上先生を続けられず学校を辞めてしまったが、私たちは今でもこの先生とお付き合いさせていただいている。

博多の不良と黒崎の悪童

私は相変わらず遅刻三昧で、授業中はみんなの邪魔にならない程度にチャチャを入れ、パチンコの開店があると聞けば抜け出し、ラグビーの練習だけは参加するという日々だった。黒崎駅前は繁華街で、パチンコ、飲食店、映画館などが密集していた。私たちは学生服のままパチンコ店に出入りし、十八歳未満入場禁止の映画にも行った。硬派でならした私たちだが、思春期の欲情はみんな一緒で、一人では恥ずかしくて入場できない映画も、学ランのままみんなで見にいった。

この黒崎出身で金東万という同級生がいたが、北九州方面では一番の悪だった。体は細身だったが背は高く、濃い眉毛をしていたのが印象的だった。とにかく口の悪い男で、挨拶の言葉が、「ボケェ！　コラ。きさま、なめたらあかんぞ」だった。博多方面の不良全員が、一度はこの男ともめた経験があるほどだ。気性が荒く、当然言葉遣いも態度も悪そのもので、相手が誰でもケンカではイモを引かなかった（引き下がらないの意）。

ある日、校庭の真ん中で金が誰かと殴り合いをしているので見にいくと、何と相手は赴任してきたばかりの生活指導の先生だった。金はいつものごとく、

「何や、こらぁ！　やるんけ」

と言いながら、先生をボカスカ殴っているのだったが、先生の方は拳を出すことはせず、両手で金の肩を押さえ、防戦一方だった。この先生は決してケンカが弱いのではなく、実際は空手の有段者で、あんまり九州朝高の生徒が悪いのでそれを抑えるために、わざわざ東京から送られてきた生活指導専門の先生だったのだ。金の向こう見ずに私は呆れてしまった。この先生は一年もせず東京に帰ってしまったと記憶している。

私は金と最初はあまり口をきかなかった。ある日この男が冗談で私の頭を軽くこずいたことがあった。その日は笑ってすませたのだが、家に帰ってだんだん腹が立ってきた私は、あくる日の二時限目の授業前に呼び出して、対バテ（タイマン）を申し込んだ。

ラグビー部室から五、六段階段を下りた半地下の使われていない教室で、私たちは睨みあった。二言三言、言葉を交わして殴るきっかけを探していたところ、逆に金の右フックが私の左の眉毛の上あたりに炸裂した。その後は、双方仁王立ちで数分間殴り合ったのだが、決定打はなく、隙を見て相手の胸倉を掴み押し込んでいくと、壁にぶち当たって小康状態になった。金が、

「お前の根性はわかったけん、もうやめようや」

と先に言ったので、

「お前が俺をなめるようなことばせんならやめてもいいぞ」

と言うと、

「わかった、わかった。もうせん」

と言うので手を振りほどき、ケンカは終わった。どちらが勝ったとかいうケンカではなかったのだが、金の、それまで私を格下と思っていた意識は解消された。

その後、金とは仲よくなっていった。黒崎のエロ映画とかパチンコは、ほとんど金が教えてくれた。実際、黒崎で金は顔役だった。金には兄二人、弟一人がいたが、兄弟四人とも黒崎で知らないものはいなかった。

ある日、私は金と黒崎で待ち合わせし、指定の喫茶店に向かっていたら、商店街の中で後輩二人が誰かともめていた。近づいてみると、下着の中からはでな刺青をちらつかせているやくざっぽい人間に、後輩がインネンをふっかけられていたのだった。

「あっちゃー。また面倒なとこに出くわしてしもたのー」

と心の中で思ったが、後輩の手前、引くに引けずにいるところに金が現れた。

「何か。お前どこでヘラうちよんかー（たわ言をぬかしているのか）」

金は来た瞬間に刺青のお兄ちゃんに突っかかっていった。急に現れた金の一言に、そのお兄ちゃんがひるんだのは間違いなかった。お兄ちゃんは、「うっ、うっ」と言葉にならない言葉を吐きながら、自分の下着をめくって肩から胸に入っている刺青を指差し、露骨に見せ始めたのだが、

「何か。お前それがどうしたんか？　そんなとこにワッペン付けて嬉しいんか？」

金は顔色一つ変えずに罵るのだった。刺青を見せたら我々がひるむと思っていたこのお兄さんの思惑は見事に外れ、自慢の刺青をワッペンと言われて、お兄ちゃんは一言も抗弁せずに目を落とした後、そそくさと私たちの目の前から立ち去った。

「ボケー！　この。二度と歩くな、このボケがあー！」

金は立ち去るお兄ちゃんに追い討ちをかけたが、それでもお兄ちゃんは振り向きもせずに足早に人ごみの中に消えていくのだった。私はこの時、「こいつは本当に向こう見ずで怖いもの知らずやなあ」と思った。

この小競り合いの後にパチンコに行った。この時期のパチンコは、まだ立って打つ時代で、手打ちの機械だった。百円で五十発の玉を買い、左の手の平に摑んで親指ではじき出して打つのだ。最初は難しくて恐る恐る弾いていた玉も、いつの間にか鼻歌交じりで打てるようになっていった。チューリップに玉が入ると開いて、次の入賞があると閉じるのだが、たまに開いたチューリップに二発続けて入り、また羽が開くのが嬉しかった。

ただし、学生時代にパチンコ台を「終了」した経験は一度もなく、帰りの電車賃まですってしまい、ひもじい思いをしながらトボトボと、ある時は家まで、ある時は寮まで歩いて帰ったことは数え切れない。定期代、月謝を使い込んでどうしようもなくなり、稼ぎがよいと人が言うので八幡製鉄所（現・新日鉄）の徹夜のバイトに行ったり、夜間の道路工事のアルバイトに行ったりして、その穴を埋めた。

ある日、黒崎でパチンコを打っていると、

「先生が来た」

と同じ店で打っていた後輩が知らせに来たので、私も大して出ているわけじゃなく、やめようと思った時に、その先生が私を見つけた。

「ピョンテギ、もう学校に戻りなさい」

「うん。もう出らんけん、俺は帰るところですよ」

と言うと、納得してほかの者を探しにいった。

生活指導の先生みたいなもので、弱い生徒には厳しく指導していたが、私たちには諭すようにものを言うのだった。成イチローと金東万が打っているところに行くと、二人とも小箱一箱ほど出していて、くわえタバコでパチンコに熱中していたが、さっきの先生がそこに来て言った。

「成、金、いい加減にして学校に帰りなさい」

驚いたことに、この二人は身じろぎもせず、くわえタバコのまま、

「先生、今いいとこやけん、もうチョット打たしんしゃい。もう少し出たら帰るりん」

と、平然と打ち続けるのだった。

成は、同じようなことが学校でもあった。金と私がケンカをした、あの使われていない教室で、一緒にタバコを吸っていたところに先生が来た。

「トンムたちは授業が始まっているのに何をやっているんだ。早くタバコを捨てて授業に戻りなさい」

と語気を強めて言ったのだが、成は残り少ないショートホープのフィルターを親指と人差し指ではさみながら、

「チョット待っときない。もう少しで終わるけん」

と言うと、悪びれた様子もなく、おいしそうに二、三服吸ってタバコを靴で踏み消すと、立ち上がった。完全に無視された先生は、顔を真っ赤にして、手は怒りのあまりわなわな震えていたが、成がタバコを消すと、睨みながら教室を出ていった。

成の挨拶は、「きさま、くらさるうぞ」だった。成は小学生のころから三十代の顔をしており、まゆ毛が薄く、目はワニの目（人によってはサメの目）をしていると恐れられていた。生まれた瞬間に、取り出した産婆が気絶したという伝説がある。味方でいれば安心だが、敵に回したらこの男ほど恐ろしい奴を私は知らない。

博多駅から西に三キロほどの所に住吉神社があるが、その神社の斜め道路向かいを、昔は人参町といった。

人参町の成の家の道路側の壁には、大きな「にわかせんぺい」の看板が掲げてあって、ここも朝鮮部落だった。成はここに中学生くらいまで住んでいたが、高校生になって、私が通学に利用していた筑肥線の蓑島駅のホームの真横に家が建ち、引っ越した。この時から「蓑島の成

イチロー」と言えば、知らない者がいない存在になっていった。

この成の家にはよく泊まりに行って、酒も飲ませてもらい、飯もよく食べさせてもらった。

ある日、成の家に泊まり、少し遅く起きた私たちは、定刻の電車に間に合わない状態で朝飯を終えた。何しろ家の真横がホームなので、電車が来たのがよくわかるのだ。車掌がピーッと笛を吹き、「発車」と言う声まで聞こえたので、その電車に乗るのを諦めていたら、成がダダダッと二階に上がってホーム側の窓を開け、車掌に向かって、

「あんた！　チョット待っときない。俺たちがすぐ乗るけん！」

と発車を遅らせてしまった。おかげでその電車に乗ることができたのだが、「蓑島の成さん」は、国鉄の電車の発車も止めさせる力を持っていたのだった。

ある日の授業中、隣の組からドッタンバッタンと、机か椅子が投げ出されるような音がするので、私のクラスで授業をしていた先生が様子を見にいくと、成が棒雑巾を木刀の代わりに握り込み、成のクラスの授業を担当していた先生に、

「何てか、きさま。やるならやっちゃるぞ！」

と言いながら睨みあっていたのだ。後で聞いてみると、その先生は赴任したばかりで、まだ成の恐ろしさを知らずに、授業中の態度が悪いということで、彼の頭を軽くこづいたのが発端だった。「無知より怖いものはない」とは、こういうことを言うのだろう。

睨みあいの状態の中で先生が成の気迫に負けたようで、殴り合いにならなかったのが不幸中

の幸いだった。あの時代、あの学校には、停学も退学もなかったのだ！　先生（学校側）も諦めていて、内心は「頼むからほかの生徒の勉強の邪魔だけはしないでくれ」というのが本音だったと思う。

こんな私たちだったが、ほんの一部をのぞいて、ほかの学友たちとは仲がよかった。学校の中で弱い者いじめをしたり、先輩が後輩にたかったりすることは、ついぞなかった。後輩が、たとえどんな理由であれ、先輩を馬鹿にしたり、たて突いたりすると、覚悟しなければならなかった。「一年奴隷、二年町民、三年天皇」と言われていた。でも、博多方面の悪仲間は先輩、後輩の仲がよくて、私の二歳上から二歳後輩までは、呼び捨てで名前を呼び合っていた。これは、みんなが金平団地の小学校時代からの幼馴染であり、兄、弟たちが入り混じって付き合ってきたからだと思う。

ファンタグレープ事件

高校二年の二学期のある日、いつもの仲間で昼飯を食べに外に出た。そのころは学校の裏側にある「おふくろ」という飯屋が私たちのご指定で、卵どんぶりとおでんがおいしかった。食堂に入ると、先客が四、五人いて、左側のテーブルに陣取って食事していたが、私たちは気にもとめず、おのおのがいつものメニューを注文し、できた順から箸をつけていた。

卵どんぶりを注文した私は、おでんを二、三本選び、席について食べ始めた。そして、おでんがなくなりかけたころに配膳された卵どんぶりに箸を入れた。

その瞬間だった。出口付近においてあるアイスボックスのほうで、男二人がもめ出した。見てみると、安五郎と先客の一人が、

「これは俺のたい」

「何てか！　俺が先に取ったやろうが」

と口論のあと、表に出てケンカを始めたのだ。

「いい加減にしてくれよ。飯をまだ食うとらんやないか」

私は大好物の卵どんぶりを置いてケンカに参加する気にはなれなかったので、大急ぎで胃の中に押し込んだ。そして、表に飛び出してみたら、店の前の四、五か所で、こちら側と向こう側がペアになり、殴り合っていた。ふと右側を見ると相手の一人が私に背を向けて安五郎と殴り合っていたので、後ろから羽交い締めにして「やめれ」と言いながらケンカを止めていたら、その瞬間、後頭部に重たい衝撃が、グワシャッ！と走り、水滴がかかったような気がした。それから目に映るものがスローモーションのように流れて、体が倒れていくのがわかったが……、気がつくと、そこは病院だった。私はまた、やられてしまったのだ。

先に私たちの誰かがやっつけたお兄ちゃんが、雨水の入った一升瓶を見つけてきて、私の真後ろからその一升瓶で頭に一撃食らわせたのだった。私は完全に伸びてしまった。

医者が言うには、水が入っていたのが幸いし、後頭部打撲（つむじのあたりを四、五針縫ったのだが）ですんだらしく、もし空瓶だったらガラス片で頭のあちこちを切っていたと言うのだった。

頭を一升瓶で殴られ倒れた私を見て、仲間は逆上した、らしい……。犯人は私の仲間から袋叩きに遭い、同じ病院の一階に入院していた。二階に入院していた私は、一週間の入院治療を言い渡されていたのだが、二日目の夜に、相手の病室に殴り込みにいった。

「きさま、俺はケンカを止めよったのに、ようも一升瓶でくらしてくれたのう」

ドアを開けた瞬間に私がすごむと、相手はシーツを女のように胸にたくし上げ、小刻みに震えていた。よく見ると、両まぶたが青くはれていて、体のあちこちに絆創膏や包帯が巻かれていて、少し可愛そうになってきた。

「俺が止めようのがわからんかったか？」

と尋ねると、

「はい。わかりませんでした」

と丁寧語で答えてきた。

「お前、今度だけは見逃しちゃるけど、二度とあの店には来るなよ」

「はい。行きません」

あまりにひどくやられていたので、私は復讐を諦めて自分の部屋に戻った。

後で聞くところによると、相手はテキヤの若集で、私が倒れてケンカが収拾するころに兄貴分のような人が駆けつけて、「高校生とケンカしやがって」と若い者を怒って殴ったらしい。警察も来るには来たが、ケンカ両成敗のお咎めなしということで終わったとのことだった。

何よりも、ケンカの原因が安五郎と、そのテキヤのお兄ちゃんが一緒にアイスボックスを覗き込み、一本しかないファンタグレープの取り合いから始まったというのだから、情けないというか、あほらしいと言うか。一生引きずっていく私の後頭部の禿の代償としては報われないものだった。

ただ、入院して三日目に博多方面の女の子たち数人が心配して見舞いにきてくれたのと、退院して学校に行った時に中学校の校舎の二階から後輩の女の子たちが拍手して迎えてくれたのが嬉しかった。一時だけだったが、学校を守るために怪我をした、悲劇の英雄のように見てくれているように思えて、気分がよかった。

私がやられたおかげで成イチローや安五郎たちはケンカ両成敗ですみ、暴行犯で捕まらなかったことにも感謝してほしいところだが、敵を討ってくれたのでよしとしよう。

大阪から来たやくざもどき

その年の夏休みだった。

ラグビー部の地獄の合宿も終わり、私たちが博多駅周辺をぶらぶらしていた時だった。学校を中退した金烈雄から連絡が入り、博多に遊びに来るので会おうということになった。金は、本当は年が一つ上で学年も上だったのだが、ダブって高校一年から私たちの同級生になった人物で、体もがっしりしていて筑豊本線の番長格だったが、いつしか学校には来なくなっていた。博多駅に現れた金を見て私たちは驚いた。茶系のスーツを着てサングラスをかけた金の外見は、紛れもないやくざで、言葉も関西弁になっていたのだ。

「おう。みんな元気にしとるんけぇ？」

「何やお前、その格好は？　やくざ丸出しやないか」

と私が言うと、金は嬉しそうにニヤッと笑った。

とりあえず近くのラーメン屋で飯を食い、当時、博多駅前にあった「フォーカス」というゴーゴークラブに行き時間をつぶしたあと、泊まるホテルを探そうと、また博多駅のほうに戻った。横断歩道を渡り、博多駅横のバスセンターのほうから駅に向かって地下街に入るため階段を下ろうとしたら、急に後ろから怒号が聞こえた。振り向いてみたら、金烈雄がすれ違った男と肩が触れたのどうので、ケンカが始まろうとしていた。金はすっかり関西のやくざになりきっていて、

「ワレが何ぼのもんじゃ。いてもうたろか」

とか言っているうちに、殴り合いが始まってしまった。

私たちは四、五人で相手は一人か二人だったので楽勝と思った時、ケンカの相手が金を振り切って逃げ出した。追わなければいいのに、

「待てー！　こらー！」

と金を先頭に数人が追いかけていったので、しょうがなく私も後を追ったところ、相手が五、六〇メートル走った所で、歩道の並びにある寿司屋に駆け込んだ。

その店の前に私たち全員が到着した途端、何ということか、その店から七、八人の、一見してその筋とわかる人がぞろぞろ出てきて、

「お前らはどこのもんか！」

と怒鳴り上げるのだった。形成はいっぺんに逆転したのだ。

その時、一緒にいたメンバーではかなわないのが一瞬でわかったが、そう感じたのは私だけではなかったようで、みんなひるんだのがよくわかった。

当然、相手の矛先は当事者の金の方に向かっていき、金は二、三人に取り囲まれボコボコやられ始めた。二、三分の出来事だったが、私たちにはとても長く感じられ、その間、じっと立ちすくんだままだった。やられていた金が隙を見て逃げ出したので、相手が後を追い出した。

「待てー！　こらあ！」

逃げる金を四、五人の男が追っていたのだが、その瞬間、金が信じられない行動に出た。追いかけられているのを知った金は、

「何じゃあ！　おらあ」

と言い、振り向きざまに、ワイシャツの下の腹まきに手を突っ込み、ドスを引き抜いたのだ。必死の形相でドスを抜いた金に、今度は相手がビックリした。相手が立ち止まりひるんだ隙に、みんな散り散りばらばらに走って逃げた。ただ私一人を除いて……。私は逃げる間もなく、二人に両の腕を掴まれてしまった。

しばらくすると、金らを見失ったケンカ相手全員が戻って、私を取り巻きながら、

「こいつどげんしましょうか？」

「車に放り込め！　すまきにして博多湾に投げ込もう」

「その前に半殺しせな」

と、恐ろしい話をするのだった。

この人たちは本物のやくざのお兄さんたちだったので、私は、

「あーあ、俺の人生は終わった」

と本気で思った。怖いお兄さんのうちの一人が、

「お前どこのもんか？」

と聞くので、

「はい。西区に住んでます」

と言うと、

「西区に住んどうなら、お前、博多の者やろうが？　博多の者がどうしてあげな大阪のやくざと一緒におるとか？」

と聞くので、命をかけた芝居をうった。

「いや、あの……自分らはそこのフォーカスで踊りば踊りよったら、あの人間が来てから、ビールば飲ませてくれて。そのうちどっか面白い所に連れていけて言うけん、近くの飲み屋に連れていく途中やったとです」

私はできるだけ博多弁を多用し、地元の高校生が見も知らない関西のやくざから奢ってもらって、興味本位で偶然一緒にいたように偽った。

その時だった。右側から、さっき逃げたはずの金新羅が平然と歩いてきて、両腕を掴まれている私に向かって、

「あ、大山君どげんしたと？」

と声をかけてくれたのだ。私は一瞬で理解した。金新羅はいったん逃げたものの、私がやくざやさんに捕まったのを見て、自分の身をかえりみず助け舟を出してくれたのだった。

「あっ、金田君（金新羅の日本名）」

私が言うと、

「誰か、これは？」

と、兄貴格の人が聞いてきたので、

「いや、自分の学校の同級生です」

と言った。やくざやさんと殴り合ったのは金烈雄だけだったので、私と金は必死で演技した。

私と金新羅のやりとりを聞いたあと、兄貴分のような人が、

「博多の者が、あげん訳のわからん者と一緒に歩いとったらいかんめえ。お前、殺されるとこやったぞ」

と言ったので、その瞬間、私は内心助かったと思った。

その兄貴分のような人が周りの者に、

「探せ、あいつば探してこい！」

と号令をかけると、私の手を摑んで放さなかった二人も手を解き、闇夜に走って消えていった。最初にボディを一発殴られた以外、私はほとんど無傷だった。

「兄ちゃん、もういい。帰っていいバイ」

兄貴格の人はそう言うと、元の店に入っていった。開放された私は、放心状態のまま、金新羅とともに博多駅のほうに向かって歩き始めた。数分歩くと、

「ピョンテギ、ピョンテギ」

と押し殺したような声で誰かが呼ぶのでその方向を見ると、先に逃げた数人が私たちを呼んでいた。彼らは逃げ延びたあと、私がいないので心配して現場が見える物陰まで戻り、事の一部始終を見ていたのだ。

「ピョンテギ、よかったのう」

と誰かが言った。みんなと落ち合って、少し安心を取り戻した私は、問題の金烈雄がいないのに気づいた。

「金はどこ行った?」

「わからん。はぐれてしもた」

「それはいかん。さっきのやくざやさんたちが、あいつは許さんて言うて探しまくりよう! はよう探してどっかに隠さんにゃいかん。手分けして探して、フォーカス横の公園で落ち合おう」

と、しめし合わせ、金を探しに散開した。

私は博多駅のコンコースのほうに向かって走った。汗だくになりながら小走りに金の姿を追い求めたのだが、途中、金を探しているらしい怖い人たちと二回ほどすれ違った。

博多駅裏に向かって歩いている金烈雄をやっと見つけた私は、彼の袖口を摑み、問答無用でタクシーに乗り込ませた。落ち合い場所の公園を告げたあと、また駅のコンコースのほうへ向かおうとしたら、

「待ってくれ、ピョンテギ。一緒に行かんでどこに行くんか?」

と金が言うので、

「お前が見つかったけん、みんなに知らせてはよう引き上げるごと言いにいくったい」

と金に言うと、

「じゃ俺も行く」

とこの男が言ったので、私は思わず怒鳴りつけた。

「お前、見つかったら殺されるんぞ。ワカットンか！」

普段おとなしい私が怒鳴りつけたので金はビックリしたのか、

「わかった」

と素直に言ってタクシーに引っ込んだ。見送ったあと、私は再び仲間を探しにいった。

何とか全員無事で公園に集まったので、身を隠すため、そのまま目の前のラブホテルに全員で転がり込んだ。ラブホテルに入ったのはこの時が初めてだったが、男だけの五、六人をよく入れてくれたものだ。

金がドスを抜いたのが、本職のやくざやさんを激怒させた原因だったのだ。やくざがドスを抜かれたら、それも相手が他県から来た訳のわからないチンピラ風情であれば、ただで帰すのはなめられたことになるので絶対に無傷で帰すわけにはいかないと、誰かが説明していた。

それはそうだろう、と思った。ましてや、金がドスを抜いた博多駅前は、そのやくざやさんたちのたまり場だと聞いて、よく逃げられたものだと思った。

ホテルで、金が抜いたドスを見てみると、通称「黒ドス」とかいう刃の部分が研がれていないものだった。大阪で何をやってきたかは知らないが、組に属したわけでもなく、こいつは何ば考えてこんなもの持って来たっちゃろうか？　と思うと、腹が立ってきた。そう思ううちに、安堵感と疲れがいっぺんに襲ってきて寝込んでしまった。

次の日、目覚めた私は、金にこれ以上関わりたくなかったので、早めに別れた。金がまだ生きていられるのは、内心「俺のおかげだ」と、今でもそう思っている。

金とはこのあと、卒業して大人になるまでの十余年会うことはなかったが、噂では現在、気のやさしい焼き肉屋の親父になっているらしい。

悪童たちの文化祭

二年生のある日、ラグビー部に、学校から文化祭を開くので、舞踏演目の「溶鉱炉の踊り」に部員総出で参加するようにとの話が来た。文化祭が開かれる名目は忘れてしまったが、ラグビーの荒くれ男たちが舞台に出て踊りを踊ったのは、これ一回こっきりだ。

「溶鉱炉の踊り」は、発展する北朝鮮の工業の姿を表したもので、製鉄所の中で鉄を溶かす鉱員たちの活躍を描いていた。

「グン、タッタ、グングン」

練習の指導に当たる九州朝鮮歌舞団の団長の掛け声のもと、出演する十数人の部員は気でも狂ったように真面目に練習するのだった。今考えても、あの不良のかたまりたちが、なぜ踊りに専念する気になったのかわからない。でも、やってみると結構楽しかったのも事実だった。

金ニワカが鉱員たちの責任者の役で、踊りの主役を張ったのだが、この男の晴れ舞台はこの時と、後は結婚式の時だけだった。たぶんもうないだろう。一説には、成イチローとの間で主役を取るために相当の駆け引きがあったとも聞いている。私は一鉱員の役で、その他大勢の中の一人だった。舞台を勤めたのは二年生と一年生で、三年の先輩たちは卒業準備のためにクラブ活動からは身を引いていた。

文化祭も無事に終わり、練習だけが続くクラブは退屈だったが、三年生がいなかったので気は楽だった。練習で発散していなければ気が狂いそうな毎日が続く中で、冬が終わり、春が来て、高校三年に進学する時がきた。

三年生になると、成イチローがキャプテン、金ニワカが副キャプテンになり、私はバックスの責任者になった。

滅多にない高校生との試合が決まった、その当日のことだった。朝高のグラウンドはポールもないし、狭すぎてラグビーの試合ができないので、私たちは試合のたびに相手のグラウンドに出かけていたのだが、部員のみんなが準備を整えて、いざ出発という時になっても、キャプテンの成が現れないのだった。私でさえ成がどこに行っているのかわからなかった。もうこれ以上待てないので試合場に向かったが、結果は惨敗で終わってしまった。

次の日、成に、

「どこに行っとったとや、お前?」

と問い質すと、もじもじしながら、

「すまん。黒崎のパチンコの開店に行っとったったい。あんまり出るもんやけん……」

金ニワカと私は開いた口がふさがらなかった。これがもし反対の立場だったら、成は私を絶対に許してはいないだろう。

私と成、金は、このころほとんど一緒に時間を過ごしていた。

今、成は金に「よー兄弟」と呼び、金は成を日本名で呼び捨てにする間柄で、それなのに成は私に、「お前は兄弟に入れちゃらん。金が死んだら俺は大泣きするけど、お前が死んでも俺は絶対泣かん。賭けてもいい」と差別して、自分が最後まで生き残るために毎朝ウコンをしっかり飲み、夕方には朝鮮から取り寄せた「十全テーポハン」という漢方薬を欠かさず飲み続けているのだ。

しかし金は、私のことを「チング(親旧=親友)」と呼んでくれて、健康のために大分の山奥から毎月汲んで来る炭酸入りの湧き水を、「お前も飲め」と言いながら分けてくれる。

私は、成に負けじと、ウコンと黒酢を欠かさず飲み始めた。

恐怖の運動会

朝高の運動会は毎年秋に行われた。

小学校時代は校庭が狭くて運動会ができなかった。一回だけ東公園の広場で行われたことがあったが、小学校の運動会と言うよりも、総連福岡支部の運動会みたいなもので、子供の出番よりも大人の出番が多い運動会だった。折尾の学校の中級部に入学して、初めて運動会らしい運動会に参加できるようになったのだ。

朝高の運動会には、九州の各地から父兄が参加した。寮生の中には、十三歳で親元を離れ中学部に転校してきた生徒が、鹿児島、宮崎、長崎、対馬などから来ていて、そんな寮生にとって、運動会は親たちと久しぶりに会える特別な日だった。

運動会に親兄弟が来るわけでもない私の楽しみは、障害物競走と、昼休みに行われるクラブ紹介だった。足が遅い私は、一〇〇メートル競争では一等は取れないのだが、障害物競争だけは不思議と一等になれるのだった。クラブ紹介は、ユニフォームに着替えて各クラブ別にグラウンドを一周したあと、日ごろの練習を披露する晴れ舞台で、ハーフの私がダイビングパスをアピールする絶好の舞台だった。

一方、運動会は先生たちにとって恐怖の催しだった。

どこにでもある運動会のように、一〇〇メートル競走があり、リレーがあり、たまにマスゲームの真似事のようなこともしたが、問題の恐怖は、運動会が終了した後にあった。

いつから、誰が始めたのかはわからないが、運動会が終了して後片付けが始まるころ、グラウンドのあっちこっちで先生の胴上げが始まるのだ。見ている観客にとっては、運動会が成功裏に終了し、感極まった学生たちが胴上げしている、ほほえましい光景に見えるのだが、実際は、学生たちが行う先生への集団暴行だった。

特に日ごろ憎まれている先生が狙われていた。九州朝高で経験の長い先生は、運動会終了後、身を隠す術を心得ていたが、四月に赴任したばかりの新任の先生たちは、その恐ろしさを知らずにいたのだ。胴上げされ宙を舞っている間はいいが、地面に落とされた途端、取り囲んだ生徒らから踏んだり蹴ったりの目に遭わされるのだった。群集心理とは恐ろしいもので、日ごろおとなしい生徒も、この日は暴徒に様変わりしていた。

私たちも高一、高二の時は先輩の後について加わっていたが、三年の運動会は主役を張る番で、最後のあだ花を咲かそうと、運動会が終わるのをじっと待っていた。すると、先生たちが並んで立っている正面テントの右側に、朝青（在日本朝鮮青年同盟）のイルクンとか卒業した先輩たち数十人が並び始めたのだ。学校側が私たちの胴上げを阻止するために、ガードマンを準備したのだった。

「卑怯なことをするな」と私たちは内心思ったが、運動会が終わると同時に、恒例の胴上げは始まってしまった。私は四月に赴任してきた関東出身の先生に的を絞っていた。運動会終了後、一直線にその先生を目指して走っていったところ、先生が校庭を横切り中学校の校舎のほうに全速力で逃げ出したので、後を追いかけ音楽室で捕まえた。気がついてみると、私の後ろを二十人くらいの後輩が一緒に追いかけてきていて、その先生の運命は風前の灯だった。

追い詰められたその先生は、切れる息の中で左手を開いて差し出し、

「や、やめてくれ」

と言うのが精一杯だった。

「やかましい!」

一発蹴った後は、後ろで控えていた後輩たちが私を押しのけて先生に群がっていったので、私は群れから弾かれてしまった。後輩たちが先生を勢いに任せて踏んだり蹴ったりしているのを後ろから見ていると、急にむなしくなり、校庭に戻った。まだ二、三か所で胴上げが行われていた。

後で聞くと、一番ひどい目にあったのが、「俺は空手三段だ」と豪語していた先生で、やられたあとに、「信じられん。学生が先生に手を出すとは……」とぼやいていたらしい。

結局、学校側のこの鎮圧策は裏目に出て、成果を得ることができなかった(この胴上げは、現在行われていない。念のため……)。

V
卒業前夜

卒業後の進路

高校の二年が終わるころ、何人かの友達が、先生になるための師範課教育を受けるために九州朝高を離れていった。小学校時代からの幼馴染だった梁淳植もその中に入っていた。高校二年は、一年生の時にあった上級生に対する重圧から解放されて、まだ将来の就職を考える必要もなく、気楽で一番楽しい日々だった。

グレ始めて、ケンカあり、遊びあり、ラグビーありで、結構充実していたこのころ、学校側が私に対し最後の立ち直りの機会とも言えるチャンスをくれた。それは、名古屋で行われた世界卓球選手権を泊まり込みで見にいくことだった。

この大会には北の選手と南の選手がともに参加しており、確か中国の「ソウソクトウ」とかいう世界ナンバーワンの選手も出る大会だったので、興味もあり参加することにした。愛知の朝高に泊まり込み、北の共和国の選手が出る試合を応援したあと、帰ってきて討論会をする日程になっていた。

行ってみると、全国の朝高から選ばれた「熱誠者」の学生が集まっていて、全国的に組織されたものと推測できたが、あつらえのガクランを着ていたのは私しかいなくて、自分が場違いな所にいるような印象を受けた。試合見物はそれなりに面白くて、共和国の選手が勝てば嬉しいし、負ければ口惜しかったが、試合が日本や中国の時は、単純に楽しんで見ていた。あらたまった感動もなく、宿舎の愛知朝高に帰った後で開かれる感想会、討論会でも別に発言をせずに過ごしていた。

そして、最後の試合の応援に出かけた。何とそれは、北と南の試合だったのだ！

私たちの席では、共和国旗が、向かい側の席では大極旗が振られ、試合前から総連と民団（在日韓国居留民団）の応援合戦が賑やかに繰り広げられていた。そんな中、両選手が登場して試合が始まった。私は、見ているうちに目頭が熱くなり、ピンポン玉が見えなくなってしまった。

「何で分かれて試合せないかんのやろか？　何で分かれて応援せないかんのやろか？」

卓球の試合が、私の目には祖国の分断の現実を突きつけられたものに映ってしまったのだった。

その日、宿舎に帰ったあとで開かれた最後の討論会で、激情していた私は、試合を見て感じた率直な意見を吐露したうえで、不良になった自分を反省し、

「私はこの祖国の分断を一日も早く解消するために身を捧げる覚悟です。組織に出て一生懸命働きます」

と言ってしまったのだ。私の討論が終わると、聞いていたみんなが拍手してくれた。

この時は本当にそう思った。が……、熱しやすくて冷めやすいのが博多の人間なのだ！　愛

知から帰ってきて二週間が経ったころには、完全に愛知に行く前の状態に戻ってしまっていた。このあと、学校側から暖かい更正の手は差し伸べられなかった。そして、これ以後、「不良」と「熱誠者」に対する学校側の選別は露骨になっていったように感じられた。

抑えられれば反発し、無視されれば突っかかるのが私たちなのだ。

高校三年生になった時、学校は何をトチ狂ったのか、今まで男女混合クラスだったのを男組、女組に分けて編成するという、とんでもない過ちを犯してしまった。女子がいなくなった男だけのクラスは殺伐とし、乱れていった。

なかでも、ある女の先生が担当する国語の授業時は特にひどかった。その先生を冗談でおちょくる態度がだんだんえげつなくなり、最初は聞いて笑っているだけの生徒たちも、調子にのってストレートに先生をからかい始め、中にはズボンを脱ぎパンツを脱ぐような仕草まで見せる者も出てくるようになった。我慢の限界を超えた先生が泣いて抗議したところ、そのうちに一人が授業をボイコットして教室を出ようとしたので、見かねた私は無意識にその生徒の前に立ちはだかり、教室を出るのを止めてしまった。しばし睨みあいが続いたが、相手が席に戻ってくれたのでケンカにならずにすんだ。国語の先生は泣きながら職員室に引き上げていって、教室には学生たちだけが残った。

同級生たちがみんな黙り込んでしまっていた時、急に、ゴツン、ゴツンと音がするのでそちらを見ると、級長の崔大都が両手で机の端を摑み、表面の板に自分の頭を力いっぱいぶつけているのだった。

崔は、柔道部のキャプテンもしている正義感の強い男で、ここまでクラスが荒れたのに何も手を打つことができなかった自分自身のふがいなさに激情し、机とパッチギを始めたのだった。

私は立ち上がり、

「俺は、ほかのことは言わんけど、女の先生をあそこまでおちょくるのなら、男の先生の時もやれ。男の先生にはしきらんのに、女の先生やったらするていうのは、おかしい」

とだけ言い着席した。クラスのみんなは、私が気にいらない男の先生が入ってきた時、ボクシンググローブをはめて教壇の前まで進み、「かかってこい」と、挑発してからかっていたのを何度も見ているので、説得力はあったと思う。

私が席に座ると今度は級長の崔が立ち上がり、級長としての自分のふがいなさを自己反省しながら、みんなにも反省を求めることを言った。

その時、教室正面側のドアが開き、生活指導部の金先生が教室に入ってきた瞬間、クラスのみんながブーイングを始めて、

「先生は出ていってくれ。これは俺たちだけで解決するけん」

と誰かが言うと、みんなが、

「先生は出ていけ」

と言い出したので、雰囲気に押された金先生は、

「穏便にすますように」

というようなことを言ったあと、教室を出ていった。その後、数名が立って何らかの意見を言ったが、その中に、

「俺は大学に行くつもりで真面目に勉強したいけん、もうこれ以上授業を荒さんでほしい」

という意見もあった。私はこの意見を聞いて、

「あーあ、そうやな。俺たちが面白くないけんていうて、こいつらの邪魔をするのは間違っとるなあ」

と思うと、卒業後の進路も決まっていない自分が寂しく思えてきて、しらけてしまった。

先ほど睨みあった級友が黙って手を差し伸べたので、握手を交わし、お互いフッと笑ったのがせめてもの救いだった。この級友の名前は朴一光と言ったが、卒業後すぐに下水か何かの地下での工事中に事故で亡くなってしまった。私は今もあの時の彼の笑顔が忘れられない。

授業を荒らすことを控えるようになった私にとって、その時間は退屈きわまりないものになった。屋上に出て昼寝をしたり、外に出てグラウンドを見つめながらタバコをふかしたりして時間をつぶすようになったが、誰が探しにくるでもなし、侘しい気持が募っていくのだ。全く怒られないというのも寂しいものだった。

おまけに、ただでさえむしゃくしゃしていたそのころ、小学校からの幼馴染だった成カエルが、妙に私に絡んでくるのだった。

成カエルは、体も華奢で頭も決してよいほうではなく、ケンカも私が勝っていて全然相手にしていなかったのだが、高三になってから、明らかに私を挑発するようになってきたのだった。一升瓶で殴られ、集団暴行を受けた私は、いつもやられてばかりいるようなイメージができてしまい、なめてかかってきたように思った。私にも意地があったので、成から格下に見られるのは許せなかった。

最初は冗談と受け止めていたが、だんだん挑発の度合いが露骨になり、癇に障り始めた私は、ある日、堪忍袋の緒が切れて、思わず右手を振り上げた。しかし、一瞬ひるんだ成の顔を見て殴るのをやめ、その場を去ろうとしたら、

「やるならやってやるぞ。物を持ったら俺のほうが強いんぞ！」

と負け惜しみを言うので振り返り、

「物を持たんかったら弱いっちゃろうもん」

と言うと、成は言葉が詰まり、それ以上発展しなかったのでケンカにならずに終わった。博多方面で成イチローとか金ニワカにかなわなかった成だったが、学校で私より格下と思われていることに反発を感じて仕掛けてきたのだった。

成カエルは卒業後間もなく、一家全員で北朝鮮に帰国した。菅原文太に憧れていた成だったが、そのまま日本にいたら、この男もやくざになっていたと思う。

彼は今、北朝鮮で肝臓専門の内科の医者になっている。平成八（一九九六）年度に共和国に

行った時、彼が、

「ピョンテギ、一つ頼みがある。今度来る時に、日本で刊行されている肝臓の医学書を持ってきてくれ」

と言い、小さな紙切れを渡すので見てみると、そこには目的の書物の題名と発行元が記されていた。私は最後の訪問になった平成十年の時に三冊の指定された医学書を買い求め持っていった。ところがその時の共和国の入管は、一切の日本の書物の持ち込みを禁止していたので、その本を腹に巻きつけ、ベルトをしっかりしめて入管を潜り抜け、無事、彼に渡すことに成功した。私は、同級生の誰かが北朝鮮に行く時は、成イチローとともにわずかだが金を集めて、日本に身寄りのない成カエルに送り続けてきた。

三年になって、進学組と就職組の選り分けが日を追って明確になり始めた。進学組はほとんどが朝鮮大学入学志望、就職組は家庭班（家業を継ぐなど、総連の組織に出ないことがはっきりしている者）、まだ何をするか決まっていない者、と三者に分かれた。学校の最後の仕事は、我々のような就職未確定者の思想教育を強化して、朝鮮総連の専従職員に一人でも多く志願させることだった。

家業に入ることが確定した者は、二学期を過ぎると学校に来てもすることがなかった。黒崎の金東万は早々と洋服の卸小売業を営んでいる大阪の兄貴のもとに行ってしまった。金東万さえも、卒業後の進路が確定したことで、私はかなり焦った。

それぞれが卒業後の自分の進路を決めていく中で、行くあてがなく就職先が定まらない私は、学校にいても身の置き所がなくて、心はどんどん荒れていった。町を歩きながら誰彼かまわずガンを飛ばしてみたり、一人になった時は、ため息ばかりついていた。

小倉の親戚の家に泊まったあくる日に、学校に行くために電車に乗った時のことだった。プラットホームでしばらく待っていると、折尾行きの電車が到着した。よほど込み合っていたのか、ドアが開いた瞬間、吐き出されるように人が降りてきたので、しばらく待ったうえで電車に乗ろうとすると、奥から降りてくる会社員風の男と肩が触れあってしまった。私はムカッとしたが、そのままやりすごそうと思い、電車に乗り込んで後ろを振り向くと、その男がまだホームに立っていて、私を指差しながら、何やらわめいているのだった。その顔を見た瞬間、私はホームに降りていって相手を殴ってしまった。

私が放った右フックは見事に相手の左頰に命中し、殴った瞬間、口から白いものが飛んでいった。一緒にいた同級生によると、相手の歯が欠けて飛んでいったということだった。私は殴ったあと、すぐ電車に戻った。

その瞬間、抜群のタイミングで、プシューと音がし、自動ドアが閉まったので、後は発車を待つだけだった。が、電車が出発しないのだ。

プシュー。しばらくして、電車の自動ドアが開いてしまい、ドカドカと鉄道公安官が二人乗り込んできて、私を両脇から摑み連行しようとするのだった。殴った相手のすぐ横にいた駅員が一部始終を目撃していて、鉄道公安官に連絡をしたのだった。

両脇を摑まれた私は、一緒にいた同級生に向かって、

「先に行っとってな」

と声をかけたあと、鉄道公安官に連れられて電車を降りた。殴った相手はまだそこにいたが、最初から最後まで一言も発せずに、じっと立って見ているだけだった。

二人の屈強な公安官に連行される私を、何かの重大犯人のように野次馬たちが見ていた。この公安官たちに、

「えぇーい、離せ。逃げやせんけん」

と言うと、

「おとなしくせんかったら手錠をかけるぞ!」

と言うので、見境がなくなった私は、

「手錠でも何でも好きにせれ!」

とわめいてしまった。

私は手錠をかけられる覚悟をした。ところが、これから公安室に連れていかれるまでの間、手錠はかけられなかった。後で聞くと、現行犯でも、未決の未成年には手錠はかけられないということだった。公安室に連れていかれて名前と学校を名乗ったあと、型どおりの取り調べが

終わった。私は警察に引き渡されるのを覚悟して、椅子に座って待っていた。

二時間くらい過ぎただろうか。公安官が戻ってきて、「帰ってよし」と言うのだった。警察に引き渡されて暴行の現行犯になると思っていた私は、心の中で、ラッキーと思いながら部屋を出ていった。その後も何のお咎めもなく、殴った相手からの抗議もなかった。このころは、先が見えずにイライラしていたのだ。

魔の通学列車

高校三年の一学期に、筑豊地区で「田川事件」が発生した。

筑豊地区（田川・飯塚・直方地区）の公立・私立の九校の日高生が朝高をつぶす目的で「筑豊高校生連盟」という組織を作り、加入している人数は百人を超えていた。それを事前に感知した私たちの同級生の金天典と、一つ下の後輩の七人が、その組織の幹部級四人を捕まえ、田川市内の神社の境内に連れていき、木に縛りつけて、バットで殴ったり髪の毛を切ったりしたうえで、一日中ほったらかしにしたのだった。この中にもラグビー部員が三人入っていた。

「田川事件」は、私たちが聞いても、木に縛って丸一日放っておくとか、髪の毛を切るとかいうのが、少し陰惨に思えた。結局この事件に関わった者は全員逮捕され、ほとんどが鑑別所送りになってしまった。新聞は大きく事件を報道し、朝高生はひどいことをする連中とのイメージができ上がった。

一方、それ以前から私たち博多方面にも警察の調査は進んでいた。

高校二年生の二学期が終わろうとする十二月のある日、「西日本新聞」の夕刊に三段抜きで「総番長ら三人逮捕——列車通学の高校生恐かつ」という見出しで記事が載った。ほかの新聞は、「魔の通学列車——朝鮮高校生木綿針でおどす」だった。

博多駅から出ているローカル線に勝田線というのがあった。志免町から通学していた金ニワカは勝田線の番長で、その日たまたま所持していた木綿針で日高生を脅したことが罪に問われ、逮捕されたのだった。金ニワカは、その後、鑑別所に送られたが、もちろん「木綿針事件」だけで鑑別所に行ったのではなく、数々の暴行と恐喝事件で挙げられたうえでの結末だった。

「西日本新聞」の記事には次のように記されていた（原文のまま）。

「東福岡署は、十五日夜、福岡市周辺の国鉄各線に番長制をつくって、高校生八十八人に暴行、恐かつなどを加えていた北九州市八幡区の高校生の〝福岡地区総番長〟ら三人を逮捕した。逮捕された総番長は福岡市内に住むA（一八）勝田線番長の同二年B（一六）筑肥線番長の同一年C（一六）。調べによると、AとCは、十月十七日午後、福岡市今宿の二宮神社境内で同市内の高校一年に『ガンをつけた』と頭つきをくわせたあと、ズボンのバンドで首すじを十数回なぐりつけた。Bは同月二十三日ごろ、鹿児島本線の列車内で、同市内の高校一年生に対し『三十日までに一万円つくれ』とおどし、同月三十一日に現金一万円を受け取った。Aの通学する高校の仲間は六人で、この六人が他の高校生にも呼びかけて総勢二十四人の番長グループをつくっていた。これらの仲間がおどし取った金は、番長に供出していた。わかっただけで被害件数は六十四件で八十八人、被害金額は約十四万円、被害届けは一件もなかった。被害者の中には三回続けてなぐられ、ついに退学した者や、列車通学がこわくて学校のそばに下宿した者もあった」

金ニワカは、十二月十四日にバイクに乗って家に帰りついたところを、少年課の刑事五人に囲まれ逮捕された。検事の前に行くと日高生たちの被害調書が五〇ページほど積まれていて驚いたらしい。また、木綿針はラグビーの練習でジャージがよく破れるのを縫うために所持していたと抗弁したが、全然相手にされなかったとのことだ。

金は正月を監別所で迎えるはめになってしまった。翌年、鑑別所を出た金は、自宅からの通学を裁判所から許可されなかったために、寮に入ることになってしまった。金はその後、寮長に抜擢されたが、先生が彼を選んだ理由は、寮の悪を抑えられるのが彼しかいなかったかららしい。金ニワカとともに新聞に出た総番長のAは、一つ上の田先輩、Cは一つ下の後輩で、逮捕された三人全員がラグビー部だった。

金ニワカが寮にいたころ、私は何回か泊まりに行ったことがある。男子寮が燃えたあとは、折尾から市電で三十分くらいの八幡西区にあった朝鮮小学校を改装して男子寮ができていた。

夏の蒸し暑いある夜のことだった。暑さで熟睡できずにウツラウツラしていると、背後からうっすらとした明かりと、カタカタカタカタという連続する機械音がしてくるので、うるさくて目が覚めた。音のするほうを見てみると、横で寝ていたはずの同級生の白柱元がパンツをずりさげ、ケツを見せながら後ろ向きに立っていた。右手に羽が一枚取れた小型の扇風機を持って、その風を自分の股間に当てながら悶えているのだ。

「この男は、夜の夜中に何ばしよっちゃろうか？」

不審に思って声をかけた。

「おい、柱元。お前、何しよんか？」

白は、その体勢で顔だけ振り向いて、こう言った。

「おうピョンテギ、起きたとや。ごめん、ごめん。インキンがあんまり痒いけん、田虫チンキば塗りよったい」

夜中の三時に、蛍光スタンドの淡い光を局所に当てながら田虫チンキを塗ったあと、あんまりしみるので二枚羽の扇風機で乾かしている最中だったのだ。カタカタとなっていたのは、扇風機の音だった。異様な光景だった。サッカー部に所属していた白は、インキンに悩まされていたのだ。この男は、現在、韓国料理店を営んでいるが、彼が作った料理を食べるたびに、田虫チンキの臭いがするのは、私だけだろう。

安五郎は、高校一年の二学期くらいに、いち早く監別所通いを終わらせていたのだが、高校三年の一学期が終わると学校に来なくなり、しばらく行方がわからなくなってしまった。

私が二学期に八木山峠にあった合宿所で進路指導を受けていた時だった。夜一時過ぎに安五郎が訪ねてきたので、合宿所を抜け出して彼と会った。

安五郎はだしぬけに、

「ピョンテギ、お前今いくら持っとうか？　何も聞かんで黙って貸してくれ」

と言うので、

「ははあ、また何かしでかして逃走資金がいるんやな」

と思った。

「そうやな二千円くらいしかないバッテン、それでいいや？」

と答えると、

「おう、それでいい。すまん、恩にきる」

と言うので、部屋に帰り金を取り出して渡したら、いつ覚えたのか知らないが、自動車を運転して消えていった。確か無免許のはずだが……。

安五郎は、その後も突然現れては、突然消えることが多かった。卒業して上京し、池袋で働いたと思うと、いつの間にか福岡に帰ってきていて、やっと落ち着いたなと思うと、ある日突然電話で別れを告げていなくなるのだ。そしてまたしばらくすると、今どこにいると必ず連絡があるのだった。勝手に私の兄貴分を名乗っており、自分が着古したセーターとかジャンパー、靴とかを送ってくる。「フーテンの安さん」なのだ。

私は高三の初めに、いきなりの逮捕はまぬがれたものの、数回の暴行事件で立件され、刑事から調書をとられたあと、保護観察処分になってしまっていた。

この警察の調書の作成の時を、今でも鮮明に覚えている。事件のあった朝からの行動について逐次話をさせられたあとに、核心の犯行（？）過程を話さなければいけないのだ。

「どういうふうに殴ったのか？」

「いえ。殴ってないです」

「おかしいネェ。相手は頭を数回殴られたて言いようとバッテンが」

「俺は殴ってないですよ。二、三回頭ばこづいただけです」

「ふむふむ。三回頭を力いっぱいこづいたと」

と、取調官は独り言のように言いながら、調書を作り上げていくのだった。

「俺は力いっぱいとか言うてないですよ。軽くこづいたんです」

「君は軽くのつもりだが、相手から言わせたら力いっぱいに感じることもあるだろう？」

「それは……、相手から言わしたら、そうかも知れんバッテン」

万事がこういう調子で、三時間くらい調書をとったあとに、最初から取調官が読み直し、最後に言った。

「これで間違いないな。間違いがなかったら、調書の最後の行に名前を書いて指紋を押せ」

ずっと聞きながら気に食わない部分が相当あったが、私はもうこのおじさんと一緒に時間を過ごすのが嫌で嫌でたまらなかったので、「はい、はい」と言って署名し、指紋を押した。これで二十歳までの保護観察処分が決定された。

私のほかにもあと二人ぐらいが何がしかの事件で警察に捕まり、鑑別所に送られた者が出たと記憶している。まるで、私たち朝高生を狙い打ちにしたような警察の動きだった。

成イチローは、朝高在学中は無事だったが、卒業して初出勤の時に路上で逮捕されたあと、鑑別所に送られてしまった。成は、何がどうなって心境の変化をきたしたのか知らないが、朝鮮総連の専任で働くことを決意した。その総連本部の会館まで一〇メートルというところで、いきなり数人の刑事に取り囲まれた。そのうちの一人が、

「成イチローだな」

と言ったので、動物的感が働いた成は、

「いや。自分は成イチローじゃないですよ」

と言ったが通用せず、そのまま連行されたうえで監別所に入れられてしまった。

修学旅行の乱闘事件

高三の二学期に入り、修学旅行に旅立つ日がやってきた。

朝鮮学校の修学旅行は観光名所見物ではなかった。中学校の修学旅行は東京で、朝鮮総連の

中央本部、朝鮮新報社などの施設を見学したと記憶しているが、高校の修学旅行は新潟の帰国船「マンギョンボン号」の送迎だった。

それでもみんなで旅行に行くのは楽しくて、小遣いを一万円ほど準備して旅行に備えた。折尾から小倉に出て、新幹線に乗り換え東京に着き、上野から新潟行きの特急に乗るというハードなスケジュールだったが、車中でも隠れてビールを飲んだりして楽しかった。

新潟に着き、ホテルで一泊した次の日、中央埠頭に出向いて船が来るのをじっと待っていた。二、三時間待っただろうか、向こうのほうから小さなタグボートに引っ張られながら、白い舟がゆっくりゆっくり近づいてきて、港に接岸した。港は、大小の共和国旗が打ち振られ、みんな口々に、「マンセ！　マンセ！」と叫び、興奮状態に包まれていた。

私はその時初めて「マンギョンボン号」と北朝鮮人を間近に見たけれども、特別な感激を覚えることはなかった。しかし、思想がバッチリ入っている女子生徒の中には、涙ぐんでいる者が多数いた。

船の入港と歓迎式典が無事終了し、私たちは船内に案内され、食堂で食事をしたあとに下船した。みんながチラホラ散会し出したので、私たち九州朝高生もみんなバスに乗り、旅館に帰ることになったのだが、その前にターミナルの横にあるトイレで用事をすませていると、大阪の朝高生数人が便所に入ってきて、タバコを吸いながら何やら関西弁で喋っていた。

そこにあのケンカっ早い黒崎の悪童・金東万が小便のためにトイレに入ってきたので悪い予

感がした。小便をしている私の後ろで、金と大阪朝高生二、三人のケンカが始まるまで、一分もかからなかった。

「なめとんか、ボケェ！　コラァ！」

金がお約束の「ボケェ」を言うと、

「何やおどれ！」

と大阪朝高生が返したが、金はもうすでに相手に手を出していた。

「おい。ちょっと小便が終わるまで待ってくれや」

心の中でつぶやきながら、そそくさと用をすませた私も、戦列に加わった。

形勢が不利と判断したのか、大阪朝高生は便所の外に走って逃げ出し、仲間に、

「ケンカや！　ケンカや！」

と加勢を頼んだのだが、これが新潟中央埠頭の広場で九州朝高生対大阪朝高生の集団乱闘事件を勃発させてしまうことになった。

「マンギョンボン号」の停泊している港の目の前の広場のあちこちで、長い学生服を着た九州朝高の不良と大阪朝高の不良がボカスカやり出したのを、船の上の北朝鮮人が笑って見ていたのは意外だったが、現場にいた総連の職員たちにとっては、前代未聞の出来事で、とんでもない事件が起こってしまったのだ。

間もなく私たちは総連の職員たちによって引き離されたのだが、翌日は「マンギョンボン

号」の出港をみんなで見送るようになっていたので、ケンカ別れのままでは再びこの場所で乱闘になることは、火を見るよりも明らかだった。

考えあぐねた結果、総連側は九州朝高の番長・成イチローと、大阪朝高の番長を呼び出し、和解の提案をしてきたのだった。

そこに私も同席していたのだが、九州朝高番長の成が、

「俺たちはやるならやってていいぞ」

と言うと、大阪の番長がひるんだようだった。番長同士の一騎打ちで片をつけるというような話もあったような気がするが、私が見た限り、大阪朝高の番長は背がすらっとした優男で、成の貫録勝ちだと感じた。とにもかくにも両高校のケンカは総連の仲介で和解し、無事解決したのだった。

手打ち式が終わり旅館に帰ると、今度は反省会が待っていた。全生徒の前に正座させられた我々に向かって、先生が批判式を始めたのだった。

数人がいろいろ言ったが、ある女子生徒が泣きながら、

「トンムたちは人間ではありません。金日成元帥が送ってくれた帰国船の前でケンカなどして祖国と金日成将軍に心配をかけるなんて、人間として許されることではありません」

と言った言葉を聞いて、

「俺は人間じゃなかったら、何なんやろか」

と心の中では苦笑したが、一応反省の色を見せて、ほどほどで終わってもらった。

反省会が終わり部屋に戻り、「やれやれ」と内心つぶやいた時だった。夜十時は過ぎていたと思う。大部屋に十人以上で寝るようになっていたのだが、急に誰かが障子を開けて、

「オイ。女風呂が見えるぞ！」

と、宝物を見つけた子供のように言うのだった。

部屋にいた男どもは一瞬の沈黙のあと、「おう」と言って立ち上がり、報告に来た人間の後についていった。ただ一人を除いて。それが誰だったか忘れたが、私たちが部屋を出る時に、「いかん。見たらいかん！」と引き止めた者がいた。でも彼は完全に無視された（当たり前だ！）。

覗きの現場は旅館のもの干し場だったのだが、斜め下一〇メートルくらいの所にある風呂場の窓が開いていて、風呂場の三分の一くらいが丸見えだった。こちらは屋外で暗く、みんな洗濯物の影から息を殺して覗いていたので、女子は気づかなかった。私の横で、ゴクリ、と生唾を飲み込む音が聞こえた。見るとTがわき目もふらず一心不乱に覗いていた。その真剣な顔が面白くて声を出して笑いそうになったが我慢していると、左の白いシーツの向こうから、

「たまらんのう」

と言う声が聞こえてきて、覗いていたみんなが、

「シッ。喋るな！」

と声をそろえて言うのだった。この日、風呂を覗かなかった彼は、たぶんあれ以来ずっと後悔の日々を過ごしたと思う。

次の日、私たちは出港する「マンギョンボン号」を見送るため、再び新潟中央埠頭に集まった。船が入港してきた時もそうだったが、出港する時も旗が打ち振られ、拡声器から流れる「金日成将軍の歌」と「マンセ！」の叫び声とで人の声が聞こえないほどだった。船に乗った帰国者たちは、涙を浮かべながら、ちぎれるほど手を振っていた。

その時、

「あっ、あれ孫ドンモやないか？」

と誰かが叫ぶので、彼が指差している方の甲板デッキを見ると、小さい花束と共和国旗を胸に抱えた同級生の孫ドンモが、涙を流しながら手を振っているのだった。

後で聞くと、一家全員がこの帰国船で帰ることを決めたのに、ドンモだけは帰らないと言い張って親子別れになるはずだったのだが、昨日我々が風呂を覗いている間はもちろん、寝静まったあとも徹夜で説得されて、しぶしぶ船に乗ることを決断したとのことだった。

ドンモにとっての修学旅行は、家族の帰国を見送るための旅行でもあったわけで、そんなことを知らない私たちは、笑いながら孫を見送ったのだった。

「ドンモ、がんばれよ！」

「元気で行けよ！」

修学旅行の帰国船詣でが、同級生の歓送会に早変わりしてしまった。

一生懸命、ドンモに別れを告げていたら、今度は、

「おう！　あれは『ブーフーウー』のおおかみさんやないか！」

と誰かが言い出した。NHKのテレビ番組で三匹の子豚と狼の物語「ブーフーウー」を放送していたのは私も知っていたが、狼役の人が朝鮮人だったとは驚きだった。彼が北朝鮮へ帰国するのを、テレビや新聞も取材にきていたのでわかったことだった。

「おおかみさーん、さようならー」

私たちは調子に乗って大声で叫んだ。

一方で、誰かが船上にもう一人なじみのある顔を発見した。

「おい。あれ韓スンドやないや？」

と言うので、また指差す方を見ると、確かにそれは韓スンドだった。

私と過ごした期間はお互いの記憶にないほど短かったが、成イチローや安五郎は幼馴染で、よく知っていたのだ。韓スンドは父親の仕事の都合で五年生のころ東京に引っ越していったのだ。

「スンド、元気で行けよ！」

博多方面のなじみのある者は、スンドにも声援を送っていた。

スンドには、東京でできたらしい友達が十人くらい見送りにきているのがわかったが、みん

な背広を着ていて奇異に感じた。しかし、その時はあまり気にとめなかった。

船は来た時と同じようにタグボートに引かれながら、少しずつ岸壁を離れていった。船が遠ざかっていくにつれ人も減っていって、私たちもバスに乗り新潟駅に向かった。上野行きの特急列車に乗り込み、東京で新幹線に乗り換え、あとは帰るだけだったのだが……。

私たちを乗せた特急列車が新潟を出て、三十分くらい経った時だった。

「××がやられた」

と後ろの車両から下関方面の級友が駆け込んできた。現場の車両に行ってみると、先生も来ていて、ケンカを収めていたように見えた。相手は新潟の港で、韓スンドを見送っていた背広の集団だった。

小競り合いになり、九州朝高の一人がやられたあと、相手の一人を誰かがやり返して、現状では痛み分けの状態のようだったので、それで終わったかと思った。しかし、相手はそうではなかったようで、我々の車両に乗り込んできて挑発する行為をとった。一車両全部に九州朝高生が座っているのに、相手の数人が押しかけてきて、「仲間をやった奴は誰だ！　出てこい！」と大声で叫びながら、睨みつけて歩くのだった。

先生から、相手にするなと言われていたが、私は我慢できずに立ち上がり、

「何か、こらあ！」

と言うと、相手は少したじろいだあと自分の車両に戻っていき、私も仲間から抑えられ身動

きできないようになった。とにかく相手が引き上げたので、それはそれで、これ以上もめごとが大きくならずにいいかとも思ったりした。

彼らは、東京朝高の退学生の集まりで、不良の塊とのことだった。自分たちの仲間の韓スンドが帰国することになったので見送りにきた帰りに、我々と鉢合わせたわけだ。

先生は、「上野駅に彼らの仲間が四、五十人集結して、九州朝高生が到着するのを待ち伏せしている。このまま行けば上野駅で乱闘になるのが必至なので、一つ前の駅でみんなを降ろす」と言うのだった。

「アイゴー、大阪の次は東京かよ」

と思いながらも、ここは穏便に先生の言うことを聞いて、みんな列車を降りて乗り換えた。こうして、私たちは無事、九州に帰り着くことができた。

保護観察処分

三学期に入ると、クラスは解散されたも同然となった。進学組は別のクラスに編成され、受験のための特訓が始まり、家庭班（家業を継ぐことなどが決定している者）は学校に来てもすることがないので、卒業間近まで自分がやる仕事の実習ということで、学校に来ない者もいた。

私たちのようにまだ卒業後の身の振り方が決まっていない者は、福岡市東区の香椎にある

「朝鮮総連九州学院」という所に集められ、合宿制で朝鮮総連の組織に就職するように、集中的な教育を受けることになった。

私もこの合宿に参加しなければならなかったが、一つ問題を抱えていた。家裁から二十歳までの保護観察処分を受けたあとに起こした数々の暴行事件で、逮捕こそされなかったが、また告訴されてしまったのだ。保護観察中のことだけに、鑑別所行きは間違いないと思われた。

私は一縷の望み（ひょっとして学校側が助けてくれるかも？）を託し、先生に相談したところ、「君は、その問題が片付くまで学校に来なくてよい」というありがたい（？）返事をもらってしまった。

あくる日から私は登校することが許されず、ただ一人の家庭待機班ということになった。悶々とした毎日を自宅で過ごしていたのだが、そのおかげで父親宛に来た家庭裁判所からの通知書を運よく先に発見し、開封して見ることができた。内容は、私の事件に対する判決を下す前に、保護者の陳述を聞きたいので〇月〇日に家庭裁判所に出頭しなさいということだった。

大変なことになってしまった。父は完全な放任主義で、私が外で何をやってこうなったのかなんて一〇〇パーセント知らずにいたのだ。いろいろ考えあぐねた結果、頼みの綱は保護司しかいないというのが私の決断だった。

保護観察中の私は、それまで毎月一回、自分の近況を保護司の家に出向き報告しなければならなかったのだが、それまでは煙たい存在だった保護司しか、もう頼る人がいなかった。

保護司の前に正座して、家裁から送られてきた通知書を見せたうえで、

「先生。私は確かに悪いことをしてきましたが、現在は大学に入るために猛勉強中です。この通知書は親に見せていません。見せたら私は大学に行けないばかりか、家を追い出されます。もう二度と暴力事件は起こしませんから、何とか助けてください」

ひとしきり自分の苦しい境遇（嘘っぱちだったが）を説明して、真面目に生きていくことを涙まじりに強調した。アカデミー賞ものの演技だった。

私が話し終わったあと、保護司は一言だけ言ってくれた。

「大山君。事件の担当の検事の所に行って、今の君の気持ちをそのまま伝えなさい。検事には私から連絡しておくから」

指定された日に一人で検察庁に行き、私の事件の担当検事と会うことができた。

「大山です。保護司の先生から言われて来ました」

検事はたくさんの書類が積み重なった机の上を整理しながら、

「そこに座りなさい」

と言い、私の事件書類を見つけると喋り始めた。

「大山君だね。私に話があると聞いているが、言ってみなさい」

私の一世一代の芝居の始まりだ。私は検事の目を真っ直ぐに見つめながら喋り始めた。

「はい。私は現在卒業を前にして一生懸命勉強中の身なのですが、先日、父親宛に送られて

きた家裁からの通知書を見てしまいました。この通知書をそのまま父に見せることはできません。なぜならば家は母親がおらず、父が男手ひとつで今まで育ててくれたのですが、この間、私の非行を一切知りません。私が今大学に行くということで非常に喜んでくれている最中なのです。もしこの通知が父に知れると、私の大学行きは中止になるばかりか、父親から勘当されるのは火を見るよりも明らかなのです」

私は保護司に話した時のように目に涙を浮かべながら、切々と自分の心境を吐露した。どのくらい喋っただろうか。私の話をじっと最後まで聞き続けた検事が一息して、私に言った。

「君の言いたいことはわかった。今日この場で結論を出すことができないので、家に帰って裁判所からの連絡を待ちなさい。たぶん二週間以内に家裁から文書が届くようになるだろう」

何の意味かわからなかったが、やることはみなやったので、

「わかりました。失礼します」

と言って、帰るしかなかった。検察庁を後にして、

「ええーい。やるべきことはやったやんか。後は野となれ山となれじゃ」

と思いながら家に向かった。

次の日から、毎日ポストの確認を怠らなかった。ここで父にばれたら元も子もない。家裁からの通知が来るまでの日々は、みんなから取り残されていくような焦りと、鑑別所送りになるかもしれない不安が入り混じり、気持ちが落ち込んでいった。

十日ほどして、家裁から（検察庁だったか？）の通知書を、父にばれることなく手に入れ、はやる心を抑えながら封を開けた。

「片栄泰少年を、一万円の罰金刑に処す」

これが私に下された判決だった。

「おう。鑑別所は入らんですむぞ！」

私は嬉しかった。判決文を握り締めながら天に両手を差し出して、声を出さずに叫ぶふりをした。

次の日、保護司の先生のお宅を訪問して、一部始終を説明しお礼を述べたら、

「よかったねえ、大山君。確か少年法で罰金刑はなかったと思うよ。君の誠意が伝わったんだ。もう悪いことしたらいかんぞ」

と言うので、それが本当か嘘かは知らないが、

「へえー、俺は特別な処置をしてもらったんだ」

と率直に嬉しかった。

一難去ってまた一難だ。

「さあ、この一万円をどうやって作ろうか？」

支払期限まで二週間あったので、答えはあっさり見つかった。

「日雇いしかないべ」

自分にそう言い聞かせながら、次の日から日雇いのアルバイトに通い始めた。一日の日当が八百円だったと思う。毎日七時に家を出て、土木事務所に七時半に着き、夕方五時まできっちり二週間仕事をした。支払い期限の一日前で一万円以上を稼いで、支払日にその現金と通知書、印鑑を持って裁判所に行き、罰金を払った時の達成感は格別だった。

廃墟になった九州学院

次の日、先生に電話して事件の処理が終わり、もう逮捕の危険性がないことを告げると、「明日から九州学院に来なさい」と言うので、みんなと会えると思うと率直に嬉しかった。

翌朝、着替えを詰めた旅行かばんを提げて、香椎にある九州学院に行った。九州学院は相当古い木造の二階建ての建物で、一階に職員室、食堂、風呂場と六畳くらいの広さの畳部屋が三つあり、二階が教室になっていた。ここで九州朝高の卒業予定の男女学生が五十人くらいと、広島朝高の卒業予定男女学生三十人ほどが、寝泊まりしながら進路指導教育を受けているのだった。

私はみんなに久しぶりに会える嬉しい気持ちを抑えながら、学院の玄関に通じる坂道を歩いていった。建物がだんだん近くなるにつれて、ある異変に気づいた。ほとんどの窓ガラスが割れているのだ。

私は開いていた玄関をくぐり、「アンニョンハシムニカ」と声をかけながら、またまたビックリしてしまった。ガラス窓だけではなく、建物の中も惨憺たるありさまだったのだ。床の所々が踏み破られ、壁のあちこちに穴が開いており、職員室、食堂に通じるドアのガラスもみな割れていて、床の何か所かには血が付着していた。

「何かあったな」

そう感じた時に、玄関の目の前にある階段から学院の先生が下りてきて、

「ピョンテギ、いい時に来た。このざまを見てくれ」

と言うので、

「先生、どげんしたとですか?」

と聞くと、

「どげんもこげんも、見たとおりたい。昨日、九州と広島がケンカになってから……」

と日本語で言うのだった。

この先生は、私が小さいころから知っていて、先生というよりは近所のやさしいお兄ちゃんという付き合いだったので、物言いもお互い気さくだった。

「まあ。ちょうど今二階で、みんなで話し合いばしようけ、お前も参加せ」

言われるままに先生の後からついていった。

二階の教室に行くと、九州朝高の男子生徒と広島朝高の男子生徒がロの字に机を並べ、先生

数人が加わった中で話をしている最中だった。私は九州と広島がもめたということ以外は話を聞かされていなかったので、みんなが喋っていることを注意深く聞きながら、嫌でも目に入る破壊された教室のあちこちに目を奪われていた。

休憩時間になって、九州のクラスメートが昨日の事件のあらましを語ってくれた。

この学院で九州朝高と広島朝高の就職未定者たちが合同で合宿しながら進路指導を受けるのは、毎年の恒例行事で、私たちだけに特別に準備されたものではない。この年も九州朝高の私と広島朝高の朴昭雄以外は、決められた日に全員が学院に集まり、内容はどうあれスケジュールをこなしていたのだ。事件の発端は、遅れて参加した広島の朴昭雄が仕掛けたものだった。朴は、広島朝高の番長だったのだが、毎年、この学院の生活で九州朝高から広島朝高が抑えられてきたのに我慢できなかったようだ。彼が来て、九州朝高の寮番の朴正一ともめ始めるまで、半日かからなかったらしい。

朴正一とのケンカの最中で、広島の朴昭雄が鞄の中からドスを引き抜いたのを見た金ニワカが逆上して、勇敢にもドスを取り上げ一発お見舞いした。それだけでは収まらず、成イチローをはじめとしたほかの九州朝高の悪たちが、ドスを抜いた朴に対し椅子をかざして放り投げ、ひるんだ瞬間に朴を取り押さえ、ボコボコと殴り出したのだった。

九州朝高の生徒を止めようとする広島のほかの生徒も朴と同罪で殴られ、ケンカは朴と一部の九州朝高生同士から、九州対広島の争いに発展してしまったとのことだった。椅子と机が宙を飛びかい、棒雑巾は木刀に変身し、一階二階の間で逃げ回るもの、形相を変えてそれを追いかける者、頭を割られ血を出してうずくまる者などで、学院は修羅場と化したのだった。

広島朝高側の学生が階段の途中に椅子と机でバリケードを作り、九州朝高側が一階に下りてこられないようにすると、九州の学生たちが屋根伝いに下に降りたため、瓦が割れて天井が落ちた所もある始末だった。警察を呼べない学院側は、総連本部に連絡して応援をよこしてもらい、どうにか暴徒（?）を鎮圧したのだが、首謀者の朴昭雄と成イチロー、そして寮番の朴正一の三人は総連本部に連行され、みんなから隔離された（金ニワカが連行されなかったのは腑に落ちないが……）。そんな事件が起こった次の日に、私は学院に到着したのだった。

「また、はでにやったもんじゃ」と思いつつも、現場にいあわせなかった私にとっては他人事のように感じられ、この事件に対して深入りはしなかった。

一応、広島朝高生との話しもつき、みんな平静を取り戻して本来の授業に戻っていったある日の午後、私は職員室に呼び出された。

「ピョントンム、君は今日の午後から総連本部に行きなさい」

「エッ?　先生、何で俺が総連本部に行かないかんとです?　俺は今回の事件の時、おらんかったんですよ」

「トンムは学院に一か月以上遅れてきて、このままではみんなについていけないし……。総連本部には例の三人もいるし、本部で集中的に学習を受ければみんなに追いつくこともできると判断した」

「あー、俺が煙たいんやな」

私はそう思った。この学院に来て十日も経っていないのに、またみんなと別れる羽目になってしまったのだ。仕方ないので、その場で荷物をまとめて、福岡市の博多区にある朝鮮総連の福岡県本部に向かった。

人生を決めた決断

総連本部に着いて、先に来ていた三人と合流し生活を始めたのだが、勉強とか講義とかは一切なく、朝起きると朝鮮会館の屋上から玄関までの掃き掃除から始まり、いろんな雑用をこなすだけの日々が続いた。食事は屋上にあった朝鮮会館で働くイルクン専用の食堂ですませたが、外出は一切できず、いつ学院に帰れるかもわからなかった。

そのうち朝鮮学院事件の張本人だった広島朝高の朴昭雄だけが先に帰れることになり、本部を出ていった。確か学院には戻れずに、そのまま広島に帰ったと記憶している。

残った私は、成イチローと朴正一の三人で、意味のない生活を送っていたが、三人ともだんだん鬱積がたまっていくのだった。

「このまま学院に戻れんで終わってしまうっちゃろうか。ひょっとしたら卒業できんっちゃなかろうか？」という思いがつきまとい、焦燥感ばかりが募っていくのだった。そういう心情でいたのは、ほかの二人も同じだった。

そんなある日、とうとう私と成はささいなことから口論になったうえ、成から一発強烈なフックを見舞わされることになってしまった。私は殴られたあと、後ろにのけぞり倒れそうになったが、根性で踏ん張って、

「お前がくらしたら誰でも謝ると思うとんか！」

と言うと、成が、

「なんてか！」

と言って、二発目のパンチを繰り出そうと構えた。その時、本部のイルクンが駆けつけてきて、

「お前たち、どうしたんか！　やめんか！」

と仲裁に入ってくれたので、事はそこで収まった。そのイルクンは成とはなじみの兄貴格で、九州朝高の先生もしていたことがあり、私と成との仲もよく知っていたので、

「お前たちが何でもめるのか？」

と不思議がっていた。そもそも私と成がもめる理由があるはずがなく、あの隔離された状況が長引いたための鬱積が生んだ事件だったのだ。でもこのことがきっかけになり、私たち三人は釈放され、また学院に戻されることになったのは救いだった。

そしてもう一つ、私の人生を左右する決断がこの時に行われた。

卒業して、身の振りどころがなかった私は、この時まで就職も決まっておらず、進学なんて夢のまた夢物語だった。本部を出ていく三日前の日、受付兼用の宿直室でいつものように三人で冗談を言いあっていた。そこに中年のアジョシが二階から階段を下りてきて、騒ぐ私たちをチラッと見ながら、

「こんな元気なトンムたちがうちに来てくれたらいいのに……」

と、独り言をつぶやいて会館を出ていった。私はそれを聞き逃さなかった。

本部に勤めている先輩に、

「あのアジョシは誰ですか?」

と聞くと、私たちの世話係のその人が、

「ああ、あの人は朝銀の総務部長たい」

と教えてくれた。

「へー、朝銀?……待てよ。朝銀! そうか朝銀があったか!」

私の未来に一筋の光がさした。

朝銀は、県下の同胞たちが出資して創設した金融機関というくらいの認識しかなかったが、一応、安くても給料が保障されている総連系の組織の一つだったのだ。

「朝銀に入って、それから何をするかゆっくり決めてもいいんじゃないか。それに金日成将

軍の還暦までは組織におるのも俺なりの罪滅ぼしで……」

私は、本当に自分がやりたい仕事が決まるまでの避難所として、朝銀に入ることをこの時に決めたのだった。腰掛けのつもりの朝銀に二十六年間も勤めることになるとは、夢にも思わなかった。

私たちは朝鮮学院に戻ることができた。朝銀に入ることを決めていた私は、余裕で講習に参加した。学院側は、この合宿研修の中から一人でも多く組織で働く人間を輩出したかったので、

「私は組織に出ます。朝銀を希望します」

と言うと、あっさり認めてくれた。

この時代の総連の方針は、大学に行く者以外で優秀な生徒は、一番に朝青本部・支部に配置するのが慣例だったが、あいにく私は優秀と認められなかったので、希望した朝銀にすんなり配置されることになったのだ。後で聞いた話だが、組織に出るという学生の中で、組織から見てどうでもいい者が朝銀に配置されるということだった。当時、朝高の卒業生を受け入れてくれる企業がほかにあるはずもなく、ましてや保護観察付きの落第の成績だった私が働ける場所は、知人の紹介の庶民金融の留守番か肉体労働しか考えられなかった。父が商売をしていないことが、この時だけは恨めしかった。

卒業の日

学院生活を終えた私たちは、いったん家に帰り、卒業式を迎えることになった。

卒業式を前にして、全員が一人ずつ校長室に呼ばれ、最後の面接を受けた。私が校長室に入ると、大きめの机を前に腰を深く下ろした校長先生が、

「君は卒業して朝銀に行くとのことだが、間違いないのかね」

と聞いてくるので、

「ハイ。その予定ですが」

「フッ。そうか」

と安心したような、私から見ると少し小ばかにしたような笑いにもとれるしぐさをした。

黙っていると、校長が、

「君たちは、我が校始まって以来の最悪の学生たちだった。もう卒業するから言うが、本当に手を焼かされ苦労した。まあ、朝銀で一生懸命がんばりなさい」

と、激励なのか、愚痴なのかわからない話をするのだった。朝高の中級部に入学して、学校創立十周年の文化公演に漫談で出演した時は、学校始まって以来の優秀な生徒と言われたのが、卒業する時には最悪の生徒に転落してしまったのだ。この校長が九州朝高に赴任したのは、中

学二年の時だったと記憶しているが、私たちが卒業するまでの五年間は、気が休まる日がなかったと思う。この間、一年に最低一回は大きな集団暴行事件が発生して新聞沙汰になったし、学生から殴られて教師を辞めた先生が三人いた。新潟の「マンギョンボン号乱闘事件」は、総連の内部ではあってはならない事件だったので、校長は、たぶん総連中央の偉いさんから、責任を厳しく問われたのではないかと思う。「田川事件」は、当時総連が全国的に押し進めていた「国籍書替運動（韓国籍から朝鮮籍に変更する運動）」に対する日本人世論の心象を相当悪くしてしまったようなのだ。

怒り心頭に発した人間の頭から湯気が出る描写があるが、あれは本当なのだ！　私は、この校長の頭から湯気が立ち昇るのを、この目で実際に見た！

そういう数々の事件を引き起こした私たちが学校からいなくなるのだから、内心、本当に嬉しかったのではないだろうか。そう思えるほどのあしらいかただった。

私だって人間だから、この時に校長先生が、社会に巣立つ若者に対してはなむけの言葉を言ってくれていたなら、迷惑をかけてすみませんでしたと、お詫びの一言くらい言ったかもしれない。でもそれはなかった。

卒業を前にして、指定された日に朝銀に面接に出かけ、父にも朝銀に就職することを告げたあと、いよいよ卒業式を迎えるだけと思っていた矢先、成イチローから電話があった。

「オー、ピョンテギか、俺、俺。あのくさ、松さんが組を立ち上げることになったけん、俺たち、みんな松さんの組に入らないかんごとなったぜ。お前は頭がいいけん、財政部長ばせれ！」と言ってきたのだ。

やくざの組織の財政部長？……。

中学の卒業を境にして、博多方面から通学する二、三人の悪が家庭の事情で学校を辞めた時、不良仲間が減っていくのに危機感を覚えた成イチロー、安五郎、金ニワカの三人は、私に目をつけ、共謀して（？）東映のやくざ映画などを見せながら洗脳し、自分たちの仲間に引き入れることに成功した。高校のクラブは、背が伸びるとだましてラグビーに入部させ、今度は卒業して一緒にやくざの組に入り、財政部長を担当せよと言うのだった。

「成よ、何ぼ松さんのためでも、やくざだけには俺はなりきらん。この話だけは勘弁してくれ。俺は朝銀に行くことにもう決めとう」と断った。その後、成はこの話を持ち出さなかったし、その組も生まれなかったので、いつしかこの話は消滅した。そして……。

いよいよ卒業式の当日が来た。

講堂に集まった後輩たちが見守る中を、私たちはクラス順に歩いて前列の席に座った。学年最優等とか、無遅刻とかの模範生が表彰されたあと、一人ずつ呼ばれて壇上に上がり、卒業証書を受け取って自分の席に戻っていった。私たちが壇上に上ると、ラグビーの後輩たちだけが、拍手したり、「オーッ」とひやかしの歓声を上げたりした。

この日は、みんな神妙に式に参加していて、騒ぐ者はいなかった。日本学校では、卒業の日に恨みがある先生を殴ったり、教室の窓ガラスを割ったりすることがあると聞いているが、そんな行為を行う者は一人もいなかった。いや一人だけ、理由は知らないが金ニワカは、ただひとり卒業証書をもらえなかったことに憤慨して、職員室に怒鳴り込んでいったらしい。

いよいよ校舎を去る時が来た。嬉しさも喜びもなく、友達と離れ離れになるのが寂しいだけの卒業式だった。いつものメンバーで校門のほうに歩きながら、私は、

「社会に出て頑張れば、頑張った分だけ報われるはずだ。父親の出身成分とか何かで出世を妨げられたりされることは、もうないはずだ。俺は仕事には自信がある」

と思いながら、自分にめぐってくるはずのチャンスを、精一杯活かしていこうと考えていた。

そして、学生時代を振り返りながら、

「結局、俺はワルでも中途半端なワルだったし、真面目でもなかった。生き方自体が中途半端だったんじゃないか？」

と自問自答した挙句に、

「よし！　これからは、中途半端に生きるのだけはやめよう。右か左か、はっきりして生きていこう。そうや！　まず名前から変えよう。本名の栄泰を名乗ろう」

と強く決心した。

校門を出た所で誰かが記念写真を撮ろうと言った。私たちは仕立ての学生服姿で精一杯突っ張った顔をして写真に収まった。

卒業式の夜、別れを惜しむ二、三十人は、金新羅が準備したスナック（身内が経営する店で休業中だった）に集まり、まる二昼夜にかけて酒を飲んだ。飲み疲れたあとは、そのままボックスで眠り、起きてはまた飲んでいたが、そのうちに一人、二人と消えていった。最後まで残った私は、三日目の朝にそこを去った。

「あー、本当にこれで終わりなんだな。みんな行ってしまった」

そう思いながら博多駅に向かっていく途中に、

「うん？　何か忘れ物しとうごたあ。何やったかいな？」

と思った。三日前、スナックに入る時は、確かに右手に何か持っていたような気がするのだが、思い出せないのだ。

「まっいいか」

その忘れたものが、卒業証書だと気づいたのは、朝銀に提出を求められた時だった。卒業から二週間は過ぎていて、もう探し出す気持ちはなかった。世間では、赤軍派の「浅間山荘事件」がひっきりなしに報道されているころの話だ。

Ⅵ あれから、そして今

ばあちゃんの墓参り

平成十五（二〇〇三）年の正月に会社の事務所で新聞を見ていると、ある旅行社が主催する韓国ツアーが目に入った。新しいルート開発のためのモニター旅行で、感想文だけ書いてくれたら旅行代金がお安くなりますとの謳い文句で、一月二十九日から二月二日までの四泊五日の旅だった。

その前年から朝鮮国籍でも人道上の理由があれば、単発ではあるが臨時パスポートが発給され、韓国への入国ができるようになったのだった。それ以前も「墓参団」として朝鮮国籍のまま韓国に行くことはできたが、この方法で朝鮮国籍（朝鮮総連系）を持った者が韓国に行くのは、総連側から見ると「裏切り者」になるのだった。私の小さいじいちゃん（じいちゃんの弟）は、長年総連のシンパで、その昔、非専任ではあったが小倉の総連支部の組織部長までした経歴の持ち主だったが、初期の「墓参団」で韓国に行って帰ってきたあと、「裏切り者」として総連側の猛烈な反撃に遭った。それに激怒し、一族すべてを韓国籍に切り替えてしまったうえ、朝鮮学校に通っていた孫たちも、全員、日本学校に転学させてしまったのだった。

ある日、このじいちゃんが私を呼んで、

「やす。お前の人生はお前のものやから、じいちゃんが、ああせえ、こうせえとは言わんが、これだけは覚えとけ。お前は総連から騙されとる。じいちゃんも騙されてきたんや」
とだけ言い、私を帰らせたことがあった。そう言われた私は、
「じいちゃんにはじいちゃんの人生があるけど、俺には俺の人生がある」
と思いながら博多に帰ってきた。朝銀で働いていたころで、韓国行きなど夢のまた夢だったのだ。

それが、金大中さんが北朝鮮を訪問したあとからは、堂々と訪れられるようになった。特に成イチローが、平成十四年度に「アリギリス」（在日朝鮮人と韓国、日本の子供たちがお互いにホームステイをして交流を深めることを趣旨とする団体）の招請で韓国を訪問したことを聞いてからは、韓国に行きたくて、いてもたってもいられない状態だった。

私には韓国から招請状が送ってくるあてもないので、渡韓する方策をめぐらせている時に、この旅行社のチラシが目に入ったのだ。言葉がわかるので一人で行くこともできたが、正直言って行くのが怖かった。

「韓国に行って、もし万が一、帰ってこれんかったらどげんしよう？」

朝鮮学校に入ってからその時まで、三十七年間に培われた私の「韓国観」は、いまだ疑念を抱かせる力を持っていたのだった。

韓国領事館を訪れ、いざ領事と面談することになった。朝鮮総連系の同胞が韓国を訪れる時、一度は必ず行われる行事だ。

「ピョン先生は朝銀に長く勤められたんですね。破綻して大変だったでしょう」

という挨拶から始まり、朝銀時代にどういう仕事をしてきたのかと、ひととおり聞き取り調査があって、

「お疲れさまでした。後日、ビザの発給の日時をお知らせします」

との言葉で面談は終了した。一週間ほどして臨時パスポートが発給され、韓国行きが決定した。

初めて降り立った韓国の地は、チェジュ島の飛行場だった。飛行機を降りて入国審査を受けるまで緊張したが、審査官が私の再入国許可証を、先に通過した人よりも幾分長く見たうえで手渡してくれた時に、その緊張は解けていった。

空港のロビーに出た瞬間、乾いたニンニクの臭いがプーンと漂った。懐かしい臭いだった。

「金平団地の臭いや」

金平団地のようだったのは臭いだけではなかった。そこにいたアジョシ、アジュモニの姿と話す言葉（方言）は、大きな金平団地の中にタイムスリップしたような感じだった。

北の共和国を訪問した時は、頭の奥がジーンと感動したように覚えているが、初めての韓国は、心が温かくなってくるのだった。

一緒に旅する日本人九名と私たちは、出迎えてくれた現地のガイドとともにマイクロバスに乗り込んで名勝地を訪れ、案内されるがままにレストランで食事をし、ホテルに到着した。真

冬だったので、南のチェジュ島とはいえ日本よりも寒さは厳しかったが、私は白分の視界に入るものを見逃すまいと、瞬きするのも惜しんですべてに見入っていた。高級料理ではなかったが、食事もみなおいしかった。口に合うのだ。特にスープ類が、忘れていたオモニの味を思い出させてくれた。

光州では、夜、妻と一緒にホテルを抜け出して市内を散策した。何度も後ろを振り返り、誰か尾行していないか気を配ったが、それは無駄だった。プサンに高速バスで降り立ったら、客待ちのタクシーの運転手同士が、大声で怒鳴りあいながら客の取りあいのケンカをしていたので、しばしの間、顚末を見ていたが、結局殴り合いにはならず、周りを取り囲んで見ていた同僚たちが引き離して無事に終わった。酔っ払いも見たし、無邪気に遊ぶ子供たちも見た。市場で一生懸命物売りするお兄ちゃんや、寒い中、立ちっぱなしで蜂蜜入りのお茶を売るアジュマ(おばちゃん)も見た。温かい、懐かしい生活の臭いがした。

平成十六年は、死んだばあちゃんの墓を探すため、三十年前に韓国の親戚が父親に送った手紙の住所だけをたよりに、一人で行った。プサン市内に入ってタクシーを捕まえたあと、手紙を見せながら、

「この住所に行ってください」

と言うと、小高い丘の上の迷路のように住宅が立っている所に案内してくれた。

「ここがアミ洞です」

運転技師（韓国では運転手とは言わない）の金アジョシ（おじちゃん）は、わざわざ車を降りて道案内をしながら説明してくれた。その説明によると、このアミ洞地区は朝鮮戦争時にプサンに避難してきた人たちが、住む所がないのでバラックを建てて集まり住んだ所で、番地などはその住人たちが勝手につけたものだから当てにならないとのことだった。事実、訪ねた先に私の親戚はいなかった。

それからは、役所に行ったり、人づてに聞いたりしながら四、五時間プサン市内をタクシーで行ったり来たりして探したが、見つけることはできなかった。

夕方五時くらいになって運転技師のアジョシが、

「こうなったら、もう道は一つしかない。警察に行きましょう」

と言い出した。よく聞いてみると、韓国は国民総背番号制なので、警察署に行けば、すべての住人のデータが入力されているからわかるだろうとのことだった。心の中では、「最初からそう言えよー」と思ったが、一生懸命対応してくれていたので反感は起きなかった。

藁をも摑む思いで警察署に向かうと、そこには離散家族を探す専門部署があった。カウンター越しに運転技師が私のことをいろいろ説明していたが、相手の担当者は素直に応じてくれる気配がなく、迷惑そうな顔をしていた。私が諦めかけていると、奥のほうに座っていた一番偉い人が席を立ち、私に近寄ってきて手招きし、奥の方にある自分の席に来いと言うのだった。

私は一縷の望みをかけて奥の席に着き事情を説明したところ、その責任者らしき人が、

「わかりました。探しますから小一時間ほど時間をください。ただし、相手が見つかったとしても、その本人が会いたくないと言った場合は取り次ぎできませんよ。いいですか？」

と念を押された。私は、

「よろしくお願いします」

と言って、運転技師のアジョシと駐車場で待つことにした。三十分が過ぎたころ、わざわざ責任者の人が駐車場まで呼びにきて、中に入ってこいと言うのだった。

期待と不安が混じりながら席に着くと、こう言われた。

「残念ながら、あなたが探している李さんは五年前に亡くなりました」

私は愕然とした。探していた李さんは父の腹違いの弟（ばあちゃんが再婚して生んだ子供）で、韓国にいない父の代わりにばあちゃんの法事を営んでくれている人だった。本来、法事は長男が行うのが慣例だが、十四歳で生き別れになったあと、音信不通になってしまった父だったから、ばあちゃんの法事をすることができなかったのだ。李さんと会わないことにはばあちゃんの墓参りができないので落胆していると、

「李さんは亡くなりましたが、その奥さんと子供たちは現在プサンに住んでいます。連絡を取ったところ、向こうから『会う』という了解が取れましたので時間と場所を指定してください」

「エーッ、そうですか。ありがとうございます」

私は礼を述べたあと、投宿しているホテルのロビーで午後七時に落ち合うように指定し、何度も何度も頭を下げながらその部署を出た。

その日、指定した時間に現れた親戚と会って、お互いを確認し、翌日、プサンから三時間近く車に乗って大きな山を二つ越え、無事にばあちゃんの墓に線香を上げることができた。

父が六十七年前に去ったチョンド（清道）の故郷の村は、その後にできたダムのおかげで水没しており少し寂しかったが、父が眺めたであろう周りの山々を見ていると、目頭が熱くなってくるのだった。

「ハルモニ（ばあちゃん）、親孝行できなかったアボジ（父）を許してください。遅くなりましたが、アボジの代わりに、この孫が今日ご挨拶に伺いました。来年も必ずやってきて、ひ孫（私の子供）たちにも挨拶をさせますので……」

チョンドの故郷を後にする車の中で、何度も私は心に誓った。

そして平成十七年の五月、連休を利用して、妻と長男、次男を連れて韓国を訪問した時に、父の位牌も持っていって、約束どおりばあちゃんの墓に一家で線香を上げて帰ってきた。この世での再会は無理だった父とばあちゃんだったが、喜んでくれただろうか。

私はばあちゃんの墓の土を一握り包んで日本に持ち帰り、お寺に行って父の骨壺の中に入れた。帰り道、ほんの少し肩の荷が下りたような気がしたが、自己満足だろうか。

三度の里帰りをとおして、韓国の民主化は本物だと、もう後戻りすることはないなと思った。

家族のこと

私には姉が二人と弟が一人いた。

長女は一貫して日本人になるための道を歩んだ。金平団地にいた時、強く朝鮮学校行きを勧められたが、中学、高校とも日本学校に通いとおしたうえ、卒業後デザイナー学院に入り、そこで知り合った日本人と結婚し、帰化してしまった。

次女は中学三年まで朝鮮学校に通ったが、卒業せぬまま働きに出て、職場で知り合った日本人と結婚し、こちらも帰化してしまった。

二人の姉には、私から見て四人の甥っ子ができたが、当然彼らは日本人で、小さいころは別として、朝鮮人丸出しのおじさんの存在にはなじめなかったかもしれない。

姉二人は、結婚後、ともに子供を引き取ったうえで離婚したので、残ったのは日本国籍と二人ずつの子供だけだった。兄弟は他人の始まりと言うが、その前に私たちは外国人同士になってしまったのだ。

よく泣く赤ちゃんだった弟の隆は、最初から母親（私から言えばママ）の戸籍に入ったので日本国籍だった。父は隆を朝鮮人として育てる気は全然なかったようで、家族の中で私だけが朝鮮籍を引きずって生きてきたようだ（私自身は、二十四歳の時に、父に内緒で朝鮮籍に切り替えていた)。

弟は、小・中・高と日本学校に通ったが、高校は修猷館で、大学は中央大学に合格したので、父の隆に対する期待は高かったと思う。私と違っておとなしく、バイクが好きな青年に成長した。大学に入って初めての夏休みで帰福した時に、友達三人と芦屋の海に泳ぎにいき潮に流されて溺れ、二十歳の若さでこの世を去ってしまった。この事件で隆と一緒にもう一人の同級生も亡くなった。

弟の告別式がとり行われた日、長姉が誰にも言わずに手配してママを呼んだ。私とは約二十年ぶりの再会だったが、すぐにわかった。

弟にとっても、ママにとっても、二十年ぶりの親子の再会がこんなかたちになってしまうとは、本当に悲しい再会だった。帰り際タクシーに乗ったママに駆け寄り、

「ママ」

と私が一言いうと、車の窓を開けハンカチで目を押さえながら、

「やっちゃん。これっきりにしないでね……。お願い。これっきりにしないで……」

と言うのだった。

小雨の降る中をママが乗ったタクシーは去っていった。この時まで、最後に見たママは、赤ちゃんだった隆に飲ませる牛乳を私が盗み飲みした時の、肩をふるわせ泣いていた姿だったが、そのママが今、また泣きながら去っていくのだ。悲しかった。

隆を失ったあとの父の落胆ぶりは、とても見ていられないほどだった。おまけに商売の不動産業もうまくいかず、八方ふさがりの状況で肺がんに冒され、弟が死んだ三年後に、闘病の末逝ってしまった。

父は私を放任主義で育てた。悪く言えばほったらかしで、学生時代から何も言わず、家を何日空けても、怒りもしなければ「どこに行ってたか？」と聞くこともなかった。小学校のころまでは成績もよかった私に、末は外交官になれとか言っていたが、中学時代から急に関心がなくなったようで、その分、弟への期待が高まったようだ。

私は父に二回だけ自己主張をしたことがある。

一つは家族で帰化しようとした話が伝わってきた時に、「おとうさん。俺は絶対帰化せんけんね」と言ったこと。

もう一つは韓国で父の母親（私から見てばあちゃん）が亡くなった時に、「おとうさん。韓国に行ってきいよ」と言ったことだった。

父は黙って聞いていて返事はしてくれなかったが、結局帰化もせず、故郷を十四歳で去って五十九歳で亡くなるまで、一度も韓国に帰らなかった。もしかしたら、父は総連系の朝銀で働いていた私に気兼ねして韓国訪問を諦めたのかもしれない。何も言わない父だったが、そう思うと胸が痛い。

オモニは今、大阪で暮らしている。

父母との縁が薄い私だが、それを恨んだことはない。一時期ぐれたのも、片親だからではない。

結婚して、初めて生まれた自分の子供を胸に抱いた時、父母に対して、「生んでくれただけでもありがとう」と思った。

私は朝鮮学校に行って、母はオモニと呼べるようになったが、父に対してアボジと呼んだことは一度もなかった。なぜアボジと言えずに、最後まで「お父さん」としか呼べなかったのか、自分でもわからない。

妻は、もともと韓国籍だったので、長男、次男の二人が韓国籍に切り替えた（妻の戸籍に入った）今、戸籍上の肉親はもう誰もいなくなってしまった。

九州朝高創立五十周年を前にして

九州朝高は平成十八年四月に創立五十周年を迎える。

私が通ったあの校舎は取り壊され、近代的な設備が整った新校舎が平成十六年に落成した。

私たちが卒業して三十四年の月日が経ち、この間に、みんな大人になり、家庭を持ち、孫を持つ世代になってしまった。精悍な顔つきの青年たちは、腹が出て髪の毛が薄くなり、白いものが目立つ中年のオヤジになってしまい、可愛かった女の子たちは、ほとんどが孫を持つおばあさんになってしまった。

同窓会は卒業の年から四年越しのオリンピックのある年に開催しようと決めたが、前回の同窓会で誰かが、

「もう俺たちも年をくってきたので、四年に一回は長すぎる。その間に誰かがあの世に逝っとうかもしれんし……。これからは二年に一回くらいで同窓会ばしようや」

と言うので、みんな賛同した。

ソ連が崩壊して冷戦が終わり、残った社会主義国は改革・開放に政策転換し、軍事独裁国と教えられた韓国は民主国家に変貌した。

「社会主義の模範の国」、「人民が主人公で子供が王様の国」と教えられた共和国からは、国家ナンバーツーをはじめ、各階各層の人間が逃げ出し、経済的な発展も低迷している中、「日本人拉致」という事件まで発覚した。

学校で教えられた事柄の九〇パーセントが崩壊したのだ。

変わらないのは、「俺は朝鮮人だ」という民族心と、今でも付き合いがある成イチロー、金ニワカ、安五郎、金洋一をはじめとする同級生、幼馴染の先輩、後輩の「チング（親旧＝親友）」だけだ。

成イチローは、自営業で社長になり、立派な家を建てた。金ニワカも、解体業を興し、有限会社の社長になった。安五郎は大阪で元気に仕事をしている。金洋一は髪が真っ白になったが、

東京で社長をしている。

この間に、五人の同級生が先に逝ってしまった。朴一光、金ハン、崔ビョンジン、朴相玉、金春美。

そして、北朝鮮に帰ってしまった孫ドンモ、梁極天、李三哲、オイルソン、成カエル。

私は二十六年間勤めた朝銀を九年前に自主退職したあと、パチンコ関係の会社を興し、どうにか食っている。名刺には、登録上の正式な朝鮮名・片栄泰と刷っていて、朝鮮人であることを名乗っており、昔、朝銀で働いていたことも隠さない。

自分で商売を始めてから七年になるが、幸いこの間、差別を受けたようなこともなく、メインの日本の銀行も、昔のように「国籍を変えたら融資ができる」などとは一言も言わない。

私の「俺は朝鮮人だ」という民族意識は、学校が教えてくれた朝鮮民主主義人民共和国の海外公民だというものではなく、「俺は朝鮮人の父と母から生まれた在日朝鮮人の二世で、北にも南にも帰らないし帰化もしない。誰からも後ろ指を差されないように、この日本で生きていく」という、意地だけの民族意識でしかない。

だが、この民族意識の原点だけは、朝鮮学校に行かなければ芽生えなかったのも事実だと思う。あのころの朝鮮学校は、私たちに二つの人生観を教えていた。

まず、朝鮮民族としての誇りと自負心を持つこと。朝鮮は中国よりも長い五千年の歴史を持った優秀な民族で、古代日本の稲作から、文化、言語の発展に対し、朝鮮から渡ってきた渡来人が及ぼした影響は計り知れないものがあったという事実。その朝鮮を日本が侵略し植民地にしたおかげで、どれだけの苦痛を受けたかという歴史。その歴史の中で在日朝鮮人が生まれて、今なお差別と迫害の中で生活しなければならない現況。在日朝鮮人が日本で生活権と人権を擁護して生きていくためには、闘わなければならない。日本の政府は、在日がじっと我慢していても、何も与えてはくれない。闘うためには総連に結集して力を一つにしなければならない

――ということ。

もう一つが、「主体思想」で武装した「金日成主義者」になって、朝鮮の革命を、代を継いで成し遂げねばならないという教育だった。このために「主体思想」の哲学的な理論教育があり、この思想を創始した金日成将軍の偉大性、卓越性、革命性を讃える教育が一方的に行われたのだった。その教育の模範生たちが「熱誠者」と呼ばれた学生たちだった。私の知る限りでは、その「熱誠者」たちも、今はほとんど残っていない。

民族心高揚の教育まではよかったと思う。私はあとの思想教育についていけずドロップアウトしてしまった（学校の選別からはじかれた）。

朝高を卒業して一年も経たない時に、金ビョンシという総連中央の偉いさんが失脚した。失脚の理由は詳しく知らないが、学校で行われた一連の思想教育に深く関与していたことは間違いないと思っている。次期の朝鮮総連の議長になるとまで言われた人で、「金ビョンシをけなす者は、韓徳銖議長をけなすことになり、韓議長をけなす者は、私をけなすのと同じだ」と金

将軍が言ったという噂話が伝わってきたほどだった。

卒業したあと、何人かの先生に会った時、みんな同じように、「お前たちは本当に悪かったもんなあー。だが、あの時は金ビョンシ時代やったからなあー」と言うのだが、それ以上は何も言ってくれないのだ。

「先生、やりすぎたんでしょ。そして必要以上に俺たち（不良）をはねのけたでしょ」と言うと、元先生はニヤリと笑うだけで、否定も肯定もしなかった。

時代は変わったのだ。

朝鮮学校卒業の在日でも、それを隠さずにボクシングの世界チャンピオンとなり、プロのJリーガーや舞踏家、ミュージシャンが生まれ、「GO」とか「パッチギ」という映画もできて公開されるようになった。特に「パッチギ」という映画は、見ながら何度も目頭が熱くなった。映画自体が当時の朝鮮学校と私たちの面影をほぼ正確に伝えていたばかりか、「日本人拉致事件」の余波で、毎日朝から晩まで行われるメディアの北朝鮮バッシングの中で耐えている（？）私にとって、胸のすく映画だった（ただし、「パッチギ」の映画の初めの場面で、朝高女子生徒のチマを汚したあと、主人公からパッチギを食らう日高生たちが九州弁を喋っていたが、これは絶対に福岡県下の日高生ではないと言いたい。九州朝高を知らない熊本か南九州の日高生だと思う。この映画の時代背景は、私が中学二年から三年生のころで、そのころの福岡県下の日高生が朝高生に仕掛けてくることは、まずありえないからだ）。

「拉致事件」発覚のあとに、韓国籍に切り替えた友達から、「お前、まだ切り替えてないんか。なんで韓国に切り替えんとや？」と聞かれて返事に困ることがある。私が切り替えない理由は、「総連が不利になったから切り替える。韓国がよくなったから切り替える」ということが、まがりなりにも総連系の朝銀で二十六年間も働いた自分の過去を、自分で否定するような気がするのと、韓国の民主化が達成され、経済的に発展するまでに流された多大な犠牲を考えると、そこに何も寄与していない自分が、ある日突然「私は韓国人です」と言うのも、非常に後ろめたく感じるからなのだ。

私の二人の息子たちに、国籍を「自分で選べ」と言ったところ、一か月もしないうちに韓国籍に切り替えてきた。

朝鮮学校の生徒数も、当時より大分少なくなった。学生たちは真面目でおとなしくなり、もう新聞沙汰になるような事件は、ここ二、三十年聞いたことがない。

学校に掲げ続けてきた、金日成将軍の肖像画及び金正日将軍の肖像画をはずしたとも聞くし、学校の授業全体が日本の社会で適合できるような（もちろん、朝鮮人としての自覚を持ったうえで）人間を育てることに目的が変わったようだ。

私たちが学生のころのように、生徒に対し帰国を前提にした教育とか、「金日成主義者」に作り上げようとする思想教育もなくなったらしい。ただ、実力のある優秀な子が、親の出身成分に関係なく学級委員（日本学校で言えば生徒会長）に登用されるようになったのかどうかは、今のところ知らない。

金ニワカの長男が韓国籍のまま日本学校で生徒会長になったという話を聞いた時、複雑な気持ちになった。もちろん、金の子供の実力が相応にあったからこそ生徒会長になれたのは言うまでもないが、彼の子供が朝鮮学校に行っていたら、同じ実力と人徳があっても生徒会長になれただろうか？　今、朝鮮学校に私が願うことがあるとすれば、本人の実力主義で能力が発揮できる場を十二分に与えてほしいということだけだ。

もう朝鮮学校の生徒が日高生を襲ったとか、朝高生が日高生から集団暴行を受けて半殺しにされたというような事件は、起きないだろう。

振り返ってみて、なぜ私たちはむきになって朝高を守ろうとケンカに明け暮れたのだろうか、と思うことがある。ケンカの最初の原因は、鶏が先か卵が先かという理論になるが、なぜお互いの生徒が「やるか、やられるか」というような、ぎりぎりの争いに明け暮れたのか。

もし、朝高があのままの状態で日本学校だったら、それでも彼らは集団で襲ってきただろうか。

私たちの時代、死者が出なかったのが唯一の救いだろう。私は日高生を殴ることにより、また日高生から殴られたことで（たぶん殴った倍はやられているかも？）当時の朝鮮学校を、陰で守ったのだという自負心を密かに持っている。

でも、もうこりごりだ。

私自身は朝鮮学校に行ったことを後悔はしていないが、これから生まれてくる孫たちが朝鮮学校に入ることを、その親たちに強制するつもりはない（もちろん行くことにも反対はしない）。この日本の中で「朝鮮人・韓国人」としての自負心を持って生きていってくれれば、それでよいと思っている。私たちの世代か、その次の世代か、はたまた孫の世代には、きっと統一しているだろう。

北の共和国にも南の韓国にも自由に行ける今、私の心の中で統一はすでに完了している。総連の組織の末端で一円の報酬も得ずに動いて、韓国のふるさとを見ることなく亡くなっていった名もなきイルクン、分会長たちのことを考えると、全くありがたい時代に生きているものだと思ったりもする。

願わくば、真の統一を見られるその日まで生きていたいものだ。

あとがき

五十を過ぎたころから、何となく人生がわかってきて、五十九歳で逝ってしまった父の法事をすますたびに、「俺ももうすぐオヤジが死んだ年になるのか」と意識するようになった。特に平成十五（二〇〇三）年の三月、仕事で兵庫県に向かう途中の高速道路上で、一〇〇キロ以上のスピードで車が横転し、九死に一生を得てからは、多少人生感が変わった気がする。

この年で今さらどんなに立派に生きても歴史に名前が残るわけでもなく、光り輝く人生が待っている可能性も少ない中、このまま私が死んで三十年も経てば私を知っている者自体の存在もなくなっているのではないかと思うと、一抹の寂しさもよぎった。

「みなそうじゃないか。それが人生さ……、ウン？　チョット待てよ。光輝いた時もあったじゃないか。楽しかった日々が……」

そう思った瞬間に、執筆の動機が生まれたのだ。

実態が消えても文章に残せばいいのではないか。少なくとも私の子供たちに、お前たちのアボジがどう生きてきたのかという記録を残すことはできるのではないか。そう思ってこの文章を書き始めることにした。

実際、書き始めていくと、この文章の中で生き続けられるのが私だけではないということ、あの時、同じ空気を吸いながら一緒に輝いていた者たちがほかにもいたことがわかった。同級生の中で先に逝ってしまった者、北朝鮮に帰った者、そして私の父と弟、育ての親である「ママ」、そしてオモニ。思い出せば思い出すほど、生き別れ、死に別れした人たちが蘇ってくるのだ。この物語が私一人のものではなくて、あの時を一緒に過ごしたみなのものではないかと思えてきた。かなり私本意の一方的な話になってしまったようで恐縮しているが、事実を誇張することなく、できるだけありのままに記すように心がけた。ただ記憶の間違いで話の年代が前後していることは否めない。ゆるしてほしい。なお、私の家族など一部の人をのぞく登場人物は仮名にさせていただいた。また、本書はあくまでも当時の九州朝高生のごく一部の不良の物語であることを、念のため申し添えておく。

この本をすべての同級生に捧げます。

二〇〇五年十二月十日

九州朝鮮中高級学校
第十四期高級部卒業生

片　栄泰（泰巳）

片　栄泰（かた・えいたい）
昭和28（1953）年，北九州市小倉北区に生まれる。昭和47年，九州朝鮮中高級学校を卒業し，朝銀に入組。26年間勤めた後退社し，遊技機の部備品を製造・販売する会社を設立。平成17（2005）年，ゴジラのフィギュアを中心に扱う玩具店を開く。福岡市東区在住。

九州《きゅうしゅう》コリアンスクール物語《ものがたり》

■

2006年4月1日　第1刷発行

■

著者　片　栄泰

発行者　西　俊明

発行所　有限会社海鳥社

〒810-0074　福岡市中央区大手門3丁目6番13号

電話092(771)0132　FAX092(771)2546

印刷・製本　誠文社印刷

ISBN 4-87415-571-5

http://www.kaichosha-f.co.jp

［定価は表紙カバーに表示］

JASRAC 出 0603254-601